輕圖表！

5天 速學

羅馬拼音 ＋ 中文拼音 ＋ MP3 inside

金龍範 著

韓語入門

U0080336

山田社
Shan Tian She

一張白紙，什麼都不會，就是最好的開始！

新手必備 韓語入門書，
內行人領路，不怕韓語零基礎！

輕圖表 一下，帶你輕鬆學會發音、單字、文法及會話，
只要 5 天，原來韓語這麼簡單學！

韓國魅力擋不住！

▶ 在網路上逛韓版衣，不如直飛「東大門市場」去血拼；

▶ 瘋狂鍾情韓國宮廷傳統韓服，不如現場體驗「景福宮」過過戲癮；

▶ 看韓劇過乾癮，不如跟著深情歐巴腳步，漫步韓劇拍攝景點；

▶ 隔著螢幕看韓國美食吞口水，不如揪好友赴韓國，讓在地人帶路嚐嚐仙界滋味的美食！

　　只是……看了這麼多部韓劇，還是只會「安.牛恩.哈.塞.喲」（你好）、「莎.朗.黑.喲」（我愛你）。要是到韓國旅行，那漫天韓文，就像看天書、聽天語一樣，一點頭緒都沒有。

　　別害怕！不要想太多！其實韓語很簡單！

　　請想想看，為什麼來自星星裡的都教授漢文這麼好？其實韓語中有 70% 是從中國引進的「漢字詞」，發音也模仿了中國古時候的發音，文法又跟日語幾乎是一模一樣的。最重要的是，韓國自古以儒家思想治國，所以韓語一點也不陌生，而且越高階越好學！

　　《輕圖表！5 天速學韓語入門》把握從零開始的入門階段，利用輕圖表來解析句子的語順及文法，保證讓你立馬上手，越學越有趣！

★ 句型公式百寶箱——創造十倍會話量的萬用句型公式
　　挖出入門最實用的基本句型，活用在日常各個場合，怎麼說怎麼貼切！

★ 魔術方塊輕圖表——單字變句子的魔術方塊圖解法
　　書中每個句子裡的所有單字都標有「中文意思」、「英文羅馬拼音」、「中文拼音」，並運用神奇的魔術方塊，把單字組合起來，就能學到最入門的文法，拼出最實用的句子！

★ 營造出雙語環境——「韓語＋中文」朗讀 MP3 強化學習記憶
　　書中句子除了韓文有韓籍老師的發音，中文翻譯還有中文老師的發音。利用雙語的環境營造，把韓語入門學習變得更輕鬆、更快速、更有效！

只要活用聰明小圖表，入門階段 5 天就能打下好基礎！

contents

目錄

Part 1 基礎韓語

STEP 1
韓語文字及發音 — 8

STEP 2
基本母音 — 10

STEP 3
複合母音 — 11

STEP 4
基本子音 — 12

STEP 5
送氣音、硬音 — 13

STEP 6
收尾音（終音）跟發音的變化 — 14
point 1 收尾音（終音） — 14
point 2 連音化 — 15
point 3 鼻音化（1） — 15
point 4 鼻音化（2） — 16
point 5 蓋音化 — 16
point 6 激音化 — 17

STEP 7
背韓語單字的小撇步 — 18
point 1 固有語 — 18
point 2 漢字語 — 19
point 3 外來語 — 19

STEP 8
如何利用我們的優勢來記韓語單字 — 20
point 1 從發音相近的詞彙，來推測詞意 — 20
point 2 利用韓語的特定發音跟中文的特定發音 — 21

Part 2 ─

韓語入門

STEP 1

韓語跟中文不一樣的地方 24

rule 1　語順跟中文不一樣　25
rule 2　韓語有助詞　25
rule 3　分體言跟用言　26
rule 4　會變化的用言　27
rule 5　重視上下尊卑的關係　28

STEP 2

「是＋名詞」平述句型 31

rule 1　是～＝～입니다 [im.ni.da]（禮貌並尊敬的說法）　32
rule 2　是～＝～예요 [ye.yo]（客氣但不是正式的說法）　32
rule 3　是～＝～야 [ya]（上對下或親友間的說法）　33
rule 4　是～＝～다 [da]（原形的說法）　33

STEP 3

助詞 36

rule 1　는 [neun], 은 [eun]：表示主詞　37
rule 2　가 [ga], 이 [i]：表示主詞　38
rule 3　를 [reur], 을 [eur]（表示受詞）　38
rule 4　의 [e]：表示所有　39
rule 5　人稱的省略　40

STEP 4

動詞・形容詞的基本形（原形） 42

rule 1　하다體 [ha.da]（辭書形）　43
rule 2　합니다體 [ham.ni.da]、해요體 [hae.yo] 跟半語體的比較
　　　　（平述句語尾）　44
rule 3　합니다體 [ham.ni.da]　44
rule 4　해요體 [hae.yo]　46
rule 5　半語體　48

STEP 5

疑問句 54

rule 1　名詞的疑問句　55
rule 2　動詞・形容詞的疑問句　58

STEP 6

否定句   **62**

rule 1 名詞的否定句「가[ga] ／이 아니다[i.a.ni.da]」   63

rule 2 動詞跟形容詞的第一種否定句「안[an] ＋動詞‧形容詞」   63

rule 3 動詞跟形容詞的第二種否定句「지 않다[ji.an.ta]」   66

STEP 7

指示代名詞   **68**

rule 1 指示代名詞   69

rule 2 指示連體詞   71

rule 3 事物指示代名詞   72

rule 4 場所指示代名詞   73

STEP 8

存在詞   **75**

rule 1 있다[it.da]（有）：表示有某人事物存在   76

rule 2 없다[eop.da]（沒有）：表示沒有某人事物的存在   78

STEP 9

助詞 2   **81**

rule 1 에[e], 에게[e.ge], 한테[han.te]（給～，去～）：表示對象   82

rule 2 에서[e.seo]（在某處～）：表示場所   82

rule 3 로[ro], 으로[eu.ro]（以～，用～，搭～）：表示手段   83

rule 4 와[wa], 과[gwa]（和～，跟～，同～）：表示並列   84

rule 5 도[do]（也～，還～）：表示包含   84

rule 6 부터[bu.teo] ～까지[kka.ji] ～（從～到～）：表示時間的起點
　　　　跟終點   85

STEP 1

名詞‧動詞‧形容詞的過去式   **88**

rule 1 名詞的過去式   89

rule 2 動詞‧形容詞的過去式   90

STEP 2

疑問代名詞   **93**

rule 1 언제[eon.je] ＝什麼時候   94

rule 2 어디[eo.di] ＝哪裡   94

rule 3 누구[nu.gu] ＝誰   95

Part 3
打好韓語
基礎

rule 4 무엇 [mu.eot]= 什麼   95

rule 5 왜 [wae] ＝為什麼   96

rule 6 어떻게 [eo.tteo.ke] ＝怎麼   96

STEP 3

單純的尊敬語   **98**

rule 1 名詞的尊敬語   99

rule 2 形容詞的尊敬語   100

rule 3 動詞的尊敬語   102

rule 4 固定的尊敬語   105

STEP 4

數字   **107**

rule 1 漢數字   108

rule 2 固有數字   110

STEP 5

動詞及形容詞的連體形   **114**

rule 1 動詞的現在連體形   115

rule 2 動詞過去連體形   116

rule 3 形容詞的現在連體形   118

rule 4 存在詞的現在連體形   120

STEP 6

希望、願望   **123**

rule 1 「～고 싶다 [go.sip.da]」：表示希望及願望   124

STEP 7

請託   **126**

rule 1 物品→～를 [reur] ／을 주세요 [eur.ju.se.yo]：請（給我）～   127

rule 2 動作→～아 [a] ／어 주세요 [eo.ju.se.yo]：請做～   127

附錄 ── **生活必備單字**   131

Part 1
基礎韓語

memo

韓語文字及發音

看起來有方方正正、有圈圈的韓語文字，據說那是創字時，從雕花的窗子，得到靈感的。圈圈代表太陽（天），橫線代表地，直線是人，這可是根據中國天地人思想，也就是宇宙自然法則的喔！

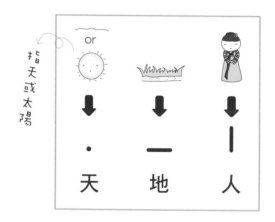

另外，韓文字的子音跟母音，在創字的時候，是模仿發音的嘴形，很多發音可以跟我們的注音相對照，而且也是用拼音的。

韓文有 70% 是漢字詞，那是從中國引進的。發音也是模仿了中國古時候的發音。因此，只要學會韓語 40 音，知道漢字詞的造詞規律，很快就能學會 70% 的單字。

韓文是怎麼組成的呢？韓文是由母音跟子音所組成的。排列方法是由上到下，由左到右。大分有下列六種：

1

子音＋母音 ⟶

子
母

2

子音＋母音 ⟶

子	母

3

子音＋母音＋母音 ⟶

子	母
母	

4

子音＋母音＋子音（收尾音）⟶

子
母
子 （收尾音）

5

子音＋母音＋子音（收尾音）⟶

子	母
子 （收尾音）	

6

子音＋母音＋母音＋子音（收尾音）⟶

子	母
母	
子 （收尾音）	

STEP

2 基本母音

韓語只有 40 個字母，其中有 21 個母音和 19 個子音。母音中，基本母音有 10 個，是模仿天（˙ =天圓）、地（─ =地平）、人（ㅣ=人直）的形狀而造出來的。

發音特色分三種：嘴自然大大張開；雙唇攏成圓形；嘴唇向兩邊拉開發像注音「一」音。另外，為了讓字形看起來整齊、美觀，會多加一個「○」，但不發音喔。

			動手寫寫看！	
ㅏ → 아 a	像注音「ㄚ」。嘴巴放鬆自然張大，舌頭碰到下齒齦，嘴唇不是圓形喔！	아	아	
ㅑ → 야 ya	像注音「一ㄚ」。先發「ㅣ[i]」，再快速滑向「ㅏ[a]」。	야	야	
ㅓ → 어 eo	像注音「ㆆ」。先張開嘴巴下顎往下拉，再發出聲音。嘴唇不是圓形的喔！	어	어	
ㅕ → 여 yeo	像注音「一ㆆ」。先發「ㅣ[i]」，再快速滑向「ㅏ[eo]」。	여	여	
ㅗ → 오 o	像注音「ㄡ」。先張開嘴巴成 o 型，再出聲音。	오	오	
ㅛ → 요 yo	像注音「一ㄡ」。先發「ㅣ[i]」，然後快速滑向「ㅗ[o]」。	요	요	
ㅜ → 우 u	像注音「ㄨ」。它的口形比[o]小些，雙唇向前攏成圓形。	우	우	
ㅠ → 유 yu	像注音「一ㄨ」。先發「ㅣ[i]」，再快速滑向「ㅜ[u]」。	유	유	
─ → 으 eu	像注音「ㆆㄨ」。嘴巴微張，左右拉成一字形。	으	으	
ㅣ → 이 i	像注音「一」。嘴巴微張，左右拉開一些。	이	이	

10

STEP 3 複合母音

接下來我們來看由兩個母音組成的「複合母音」。不用著急，一點一點記下來就行啦！

動手寫寫看！

ㅐ → 애 ae	是由「ㅏ [a] + ㅣ [i]」組合而成的。很像注音「ㄟ」。	애	애	
ㅒ → 얘 yae	是由「ㅑ [ya] + ㅣ [i]」組合而成的。很像注音「ㄧㄟ」。	얘	얘	
ㅔ → 에 e	是由「ㅓ [eo] + ㅣ [i]」組合而成的。很像注音「ㄝ」。	에	에	
ㅖ → 예 ye	是由「ㅕ [yeo] + ㅣ [i]」組合而成的。很像注音「ㄧㄝ」。	예	예	
ㅘ → 와 wa	是由「ㅗ [o] + ㅏ [a]」組合而成的。很像注音「ㄨㄚ」。	와	와	
ㅙ → 왜 wae	是由「ㅗ [o] + ㅐ [ae]」組合而成的。很像注音「ㄛㄝ」。	왜	왜	
ㅚ → 외 oe	是由「ㅗ [o] + ㅣ [i]」組合而成的。很像注音「ㄨㄝ」。	외	외	
ㅝ → 워 wo	是由「ㅜ [u] + ㅓ [eo]」組合而成的。很像注音「ㄨㄛ」。	워	워	
ㅞ → 웨 we	是由「ㅜ [u] + ㅔ [e]」組合而成的。很像注音「ㄨㄝ」。	웨	웨	
ㅟ → 위 wi	發音時，是由「ㅜ [u] + ㅣ [i]」組合而成的。很像注音「ㄩ」。	위	위	
ㅢ → 의 ui	是由「ㅡ [eu] + ㅣ [i]」組合而成的。很像注音「ㄜㄧ」。	의	의	

STEP

4 基本子音

韓語有 19 個子音，但其實最基本的只有 9 個（又叫平音），其他 10 個是由這 9 個變化來的。子音是模仿人發音的口腔形狀。子音不能單獨使用，必須跟母音拼在一起。

這很像我們的注音符號，例如：「歌手」（ㄍㄜ．ㄕㄡ）兩字，韓語是這樣拼的「가수 [ga.su]」，發音也跟中文很像喔！簡單吧！

動手寫寫看！

ㄱ k/g → 가 ka/ga	「ㄱ」發音像注音「ㄎ/ㄍ」。	가
ㄴ n → 나 na	「ㄴ」發音像注音「ㄋ」。	나
ㄷ t/d → 다 ta/da	「ㄷ」發音像注音「ㄊ/ㄉ」。	다
ㄹ r/l → 라 ra/la	「ㄹ」發音像注音「ㄦ/ㄌ」。	라
ㅁ m → 마 ma	「ㅁ」發音像注音「ㄇ」。	마
ㅂ b/p → 바 ba/pa	「ㅂ」發音像注音「ㄆ/ㄅ」。閉緊雙唇擋住氣流，在張開嘴巴時，把嘴裡的氣送出。	바
ㅅ s → 사 sa	「ㅅ」發音像注音「ㄙ」。	사
ㅇ ng → 아 a	「ㅇ」很特別，在母音前面不發音。在母音後面時才發 [ng] 音。	아
ㅈ ch/j → 자 cha/ja	「ㅈ」發音像注音「ㄔ/ㄗ」。	자
ㅎ h → 하 ha	「ㅎ」發音很像注音「ㄏ」。使氣流從聲門摩擦出來發音。	하

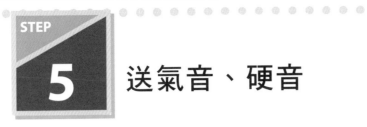

STEP 5 送氣音、硬音

送氣音就是靠腹部用力發的音；硬音是靠喉嚨用力發的音。

動手寫寫看！

ㅈ → ㅊ ch	很像注音「ち／く」。發音方法跟「ㅈ」一樣，只是發「ㅊ」時要加強送氣。		
ㄱ → ㅋ k	很像注音「ㄎ」。發音方法跟「ㄱ」一樣，只是發「ㅋ」時要加強送氣。		
ㄷ → ㅌ t	很像注音「ㄊ」。發音方法跟「ㄷ」一樣，只是發「ㅌ」時要加強送氣。		
ㅂ → ㅍ p	很像注音「ㄆ」。發音方法跟「ㅂ」一樣，只是發「ㅍ」時要加強送氣。		

ㄱ → ㄲ kk	很像用力唸注音「ㄍˋ」。與「ㄱ」的發音基本相同。		
ㄷ → ㄸ tt	很像用力唸注音「ㄉˋ」。與「ㄷ」基本相同，只是要用力唸。		
ㅂ → ㅃ pp	很像用力唸注音「ㄅˋ」。與「ㅂ」基本相同，只是要用力唸。		
ㅅ → ㅆ ss	很像用力唸注音「ㄙˋ」。與「ㅅ」基本相同，只是要用力唸。		
ㅈ → ㅉ cch	很像用力唸注音「ㄗˋ」。與「ㅈ」基本相同，只是要用力唸。		

STEP

6 收尾音（終音） 跟發音的變化

收尾音（終音）

　　韓語的子音可以在字首，也可以在字尾，在字尾的時候叫收尾音，又叫終音。韓語 19 個子音當中，除了「ㄸ、ㅃ、ㅉ」之外，其他 16 種子音都可以成為收尾音。但實際只有 7 種發音，27 種形式。

1	ㄱ [k]	ㄱ ㅋ ㄲ ㄳ ㄺ
2	ㄴ [n]	ㄴ ㄵ ㄶ
3	ㄷ [t]	ㄷ ㅌ ㅅ ㅆ ㅈ ㅊ ㅎ
4	ㄹ [l]	ㄹ ㄼ ㄽ ㄾ ㅀ
5	ㅁ [m]	ㅁ ㄻ
6	ㅂ [p]	ㅂ ㅍ ㅄ ㄿ
7	ㅇ [ng]	ㅇ

point 2 連音化

「ㅇ」有時候像麻薯一樣，只要收尾音的後一個字是「ㅇ」時，收尾音會被黏過去唸。但是「ㅇ」也不是很貪心，如果收尾音有兩個，就只有右邊的那一個會被移過去念。

正確表記	為了好發音	實際發音
단 어 [tan eo]	→	다 너 [ta neo] 單字
값 이 [kaps i]	→	갑 시 [kap si] 價格
서 울 이 에 요 [seo ul i e yo]	→	서 우 리 에 요 [seo u li e yo] 是首爾

point 3 鼻音化（1）

「ㄱ [k]」收尾的音，後一個字開頭是「ㄴ , ㅁ」時，要發成「ㅇ [ng]」。
「ㄷ [t]」收尾的音，後一個字開頭是「ㄴ , ㅁ」時，要發成「ㄴ [n]」。
「ㅂ [p]」收尾的音，後一個字開頭是「ㄴ , ㅁ」時，要發成「ㅁ [m]」。

正確表記	為了好發音	實際發音
국 물 [guk mul]	→	궁 물 [gung mul] 肉湯
짓 는 [jit neun]	→	진 는 [jin neun] 建築
입 문 [ip mun]	→	임 문 [im mun] 入門

point 4 　鼻音化（2）

「ㄱ [k], ㄷ [t], ㅂ [p]」收尾的音，後一個字開頭是「ㄹ」時，各要發成「k → ㅇ」「t → ㄴ」「p → ㅁ」。而「ㄹ」要發成「ㄴ」。簡單說就是：

$$\begin{bmatrix} ㄱ , ㄷ , ㅂ + ㄹ → ㅇ , ㄴ , ㅁ \\ ㄹ → ㄴ \end{bmatrix}$$

正確表記	為了好發音	實際發音
복 리 [bok ri]	→	봉 니 [bong ni] 福利
입 력 [ip ryeok]	→	임 녁 [im nyeok] 輸入
정 류 장 [cheong ru jang]	→	정 뉴 장 [cheong nyu jang] 公車站牌

point 5 　蓋音化

「ㄷ [t], ㅌ [t]」收尾的音，後一個字開頭是「이」時，各要發成「ㄷ → ㅈ」「ㅌ → ㅊ」，而「ㄷ [t]」收尾的音，後字為「히」時，要發成「ㅊ」。簡單說就是：

$$\begin{bmatrix} ㄷ + 이 → 지 \\ ㅌ + 이 → 치 \\ ㄷ + 히 → 치 \end{bmatrix}$$

正確表記	為了好發音	實際發音
같 이 [kat i]	→	가 치 [ka chi] 一起
해 돋 이 [hae dot i]	→	해 도 지 [hae do ji] 日出

point 6　激音化

　　「ㄱ [k], ㄷ [t], ㅂ [p], ㅅ [t]」收尾的音，後一個字開頭是「ㅎ」時，要發成激音「ㅋ, ㅌ, ㅍ, ㅊ」；相反地，「ㅎ」收尾的音，後一個字開頭是「ㄱ, ㄷ, ㅂ, ㅅ」時，也要發成激音「ㅋ, ㅌ, ㅍ, ㅊ」。簡單說就是：

$$\begin{bmatrix} ㄱ, ㄷ, ㅂ, ㅅ + ㅎ \rightarrow ㅋ, ㅌ, ㅍ, ㅊ \\ ㅎ + ㄱ, ㄷ, ㅂ, ㅅ \rightarrow ㅋ, ㅌ, ㅍ, ㅊ \end{bmatrix}$$

正確表記	為了好發音	實際發音
놓 다 [not da]	→	노 타 [no ta] 置放
좋 고 [jot go]	→	조 코 [jo ko] 經常
백 화 점 [paek hwa jeom]	→	배 콰 점 [pae kwa jeom] 百貨公司
잊 히 다 [it hi da]	→	이 치 다 [i chi da] 忘記

背韓語單字的小撇步

不管是學哪一個國家的語言，光是學發音跟文法是不可能上手的。想要上手，一定要背單字，而且單字要一個字一個字的去背的。還記得國中開始背英文單字嗎？不管是單字卡、單字大全，背單字是學語言必須要過的關卡。但是，不喜歡背單字的人，可就一個頭兩個大了。沒關係，這裡來介紹一下，背韓語單字的小撇步。

韓國一直到近代都使用漢字，韓國漢字跟我們的國字及日本漢字幾乎一樣。

韓語的固有語又叫本土詞彙，大約佔總數的 20％；古典詞彙又叫漢字語，幾乎來自中國的漢語，約佔 70％（其中 10％是日式漢語）；外來語約佔 10％（主要是英語）。而日常生活中使用頻率最高的是本土語言，文學評論中多用漢語詞彙。

漢語詞彙的發音和台灣話、客家話的發音有許多類似的地方。這是因為中原在遼金元清 4 代將近 1000 年期間，經歷北方異族入侵，使得唐代漢語的特徵消失大半，而這些特徵還保留在南方的福建、廣州等地方。因此，我們要學韓語，就是有這樣的優勢。韓語有：

●point 1　固有語

固有語大多跟大自然或生活息息相關的單字。例如：

韓　　語	英文拼音	中文翻譯
나무	na.mu	樹
오다	o.ta	下雨
먹다	meok.ta	吃
숟가락	sut.kka.rak	湯匙
어머니	eo.meo.ni	媽媽

point 2 　漢字語

　　漢字語幾乎都只有一種讀法，在韓語中約佔 70％，其中 10％是日式漢語，日式漢語是在近代從日本引進的。明治維新之後，日本成功地學習西方的技術與制度，西化也比中國早。因此，當時優秀的日本學者，大量地翻譯西方詞彙，然後再傳到中國。因此，對我們而言，也是很熟悉的。

漢字	韓　語　讀　法
發	발 [pal] → 발명 [pal.myeong] 　【發明】
目	목 [mok] → 목적 [mok.jeog] 　【目的】
安	안 [an] → 안심 [an.sim] 　【安心】
山	산 [san] → 산맥 [san.maeg] 　【山脈】
東	동 [tong] → 동양 [tong.yang] 　【東洋】
愛	애 [ae] → 애정 [ae.jeong] 　【愛情】

point 3 　外來語

　　在韓國人日常會話中使用較廣泛的外來語，外來語大多通過英語音譯成韓語。學習韓語外來語的同時，也可以複習一下英語了。

韓　語	英文拼音	中文翻譯	英　語
가이드	ga.i.deu	導遊	guide
노트	no.teu	筆記本	note
다이어트	da.i.eo.teu	減重	diet
비즈니스	bi.jeu.ni.seu	商業	business
셔츠	syeo.cheu	襯衫	shirt
인터넷	in.teo.net	網路	internet
팩스	paek.seu	傳真	fax

STEP 8 如何利用我們的優勢來記韓語單字

point 1 從發音相近的詞彙,來推測詞意

好啦!那麼我們就先從發音相近的詞彙,來推測詞彙的意思吧!

韓 語	中文拼音	英文拼音
학교	哈.叫	hak.gyo
가족	卡.走客	ga.jog
교과서	叫.瓜.瘦	gyo.gwa.seo
시간	西.刊	si.gan
도로	都.樓	do.ro
잡지	夾撲.吉	jap.ji
요리	優.里	yo.ri

請多發幾次音看看。再想像一下跟中文發音相似的單字。答案如下:

韓 語	中文翻譯
학교	學校
가족	家族
교과서	教科書
시간	時間
도로	道路
잡지	雜誌
요리	料理

看到上面知道,韓語有發子音的收尾音,還有連音的現象。

point 2 　利用韓語的特定發音跟中文的特定發音

❶ 中文一樣的話，發音也一樣，韓語也有同樣的情形

　　中文裡有「學者」跟「校門」這兩個字，如果各取出第一個字，就成為「學校」。韓語也是一樣。我們看一下：

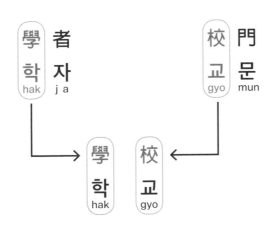

❷ 同音異字

　　還有一個單字記憶撇步。那就是「同音異字」記憶法，例如「영」這個字。

韓　語	中文翻譯	英文拼音
영국	英國	yeong.gug
영업	營業	yeong.eob
영원	永遠	yeong.won
영자	影子	yeong.ja
배영	背泳	bae.yeong

　　一個「영」音就有「英、營、永、影、泳…」這麼多的相異字。這麼多跟我們相似的地方，也就是我們學習韓語的優勢喔！

❸ 反切表：平音、送氣音跟基本母音的組合

母音 子音	ㅏ a	ㅑ ya	ㅓ eo	ㅕ yeo	ㅗ o	ㅛ yo	ㅜ u	ㅠ yu	ㅡ eu	ㅣ i
ㄱ k/g	가 ka	갸 kya	거 keo	겨 kyeo	고 ko	교 kyo	구 ku	규 kyu	그 keu	기 ki
ㄴ n	나 na	냐 nya	너 neo	녀 nyeo	노 no	뇨 nyo	누 nu	뉴 nyu	느 neu	니 ni
ㄷ t/d	다 ta	댜 tya	더 teo	뎌 tyeo	도 to	됴 tyo	두 tu	듀 tyu	드 teu	디 ti
ㄹ r/l	라 ra	랴 rya	러 reo	료 ryeo	로 ro	료 ryo	루 ru	류 ryu	르 reu	리 ri
ㅁ m	마 ma	먀 mya	머 meo	며 myeo	모 mo	묘 myo	무 mu	뮤 myu	므 meu	미 mi
ㅂ p/b	바 pa	뱌 pya	버 peo	벼 pyeo	보 po	뵤 pyo	부 pu	뷰 pyu	브 peu	비 pi
ㅅ s	사 sa	샤 sya	서 seo	셔 syeo	소 so	쇼 syo	수 su	슈 syu	스 seu	시 si
ㅇ —/ng	아 a	야 ya	어 eo	여 yeo	오 o	요 yo	우 u	유 yu	으 eu	이 i
ㅈ ch/j	자 cha	쟈 chya	저 cheo	져 chyeo	조 cho	죠 chyo	주 chu	쥬 chyu	즈 cheu	지 chi
ㅊ ch	차 cha	챠 chya	처 cheo	쳐 chyeo	초 cho	쵸 chyo	추 chu	츄 chyu	츠 cheu	치 chi
ㅋ k	카 ka	캬 kya	커 keo	켜 kyeo	코 ko	쿄 kyo	쿠 ku	큐 kyu	크 keu	키 ki
ㅌ t	타 ta	탸 tya	터 teo	텨 tyeo	토 to	툐 tyo	투 tu	튜 tyu	트 teu	티 ti
ㅍ p	파 pa	퍄 pya	퍼 peo	펴 pyeo	포 po	표 pyo	푸 pu	퓨 pyu	프 peu	피 pi
ㅎ h	하 ha	햐 hya	허 heo	혀 hyeo	호 ho	효 hyo	후 hu	휴 hyu	흐 heu	히 hi

Part 2

韓語入門

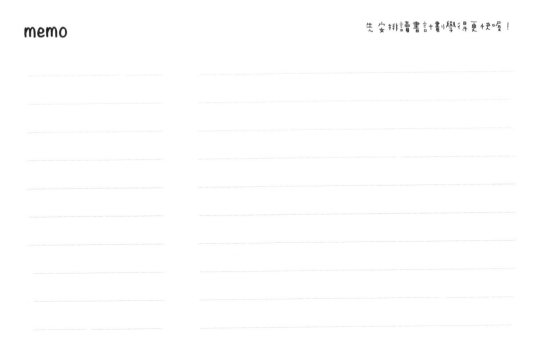

memo

先安排讀書計劃學得更快喔！

STEP 1 韓語跟中文不一樣的地方

　　韓語的特色之一，就是語順跟中文不一樣。我們以拍機車廣告，就迷死大陸眾多粉絲的李敏鎬為例，來造一句：「大家愛李敏鎬。」這句話，韓語的語順是如何呢？

學習重點及關鍵文法

★ 語順跟中文不一樣
★ 韓語有助詞
★ 韓語有體言跟用言
★ 重視上下尊卑的表現

先記住這些單字喔！

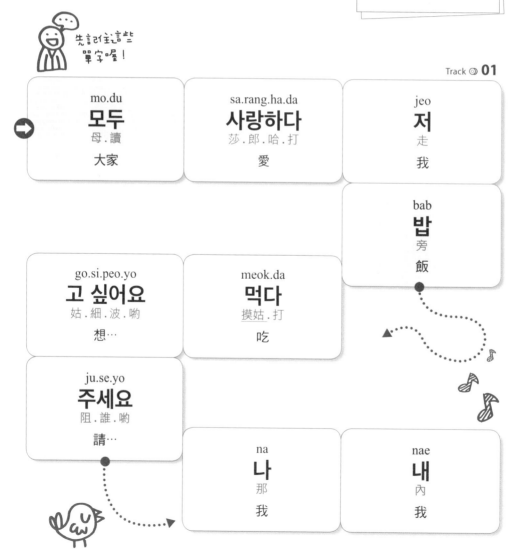

mo.du	sa.rang.ha.da	jeo
모두	**사랑하다**	**저**
母.讀	莎.郎.哈.打	走
大家	愛	我

bab
밥
旁
飯

go.si.peo.yo	meok.da
고 싶어요	**먹다**
姑.細.波.喲	摸姑.打
想…	吃

ju.se.yo
주세요
阻.誰.喲
請…

na	nae
나	**내**
那	內
我	我

rule 1　語順跟中文不一樣

　　中文的句子排列順序基本上是「主詞＋動詞＋受詞」；而韓語的句子排列順序是「主詞＋受詞＋動詞」。

中文語順 ▶　大家　＋　愛　＋　李敏鎬。
　　　　　　　主詞　　　動詞　　　受詞

韓語語順 ▶　大家　＋　李敏鎬　＋　愛
　　　　　　　主詞　　　受詞　　　動詞

　　大家愛李敏鎬。

大家	×	李敏鎬	×	愛
mo.du	ga	i.min.ho	reur	sa.rang.hae.yo
例句▶ 모두	가	이민호	를	사랑해요 .
母.讀	卡	衣.敏.呼	路	莎.郎.黑.喲

rule 2　韓語有助詞

　　韓語中有表示前面接的名詞是主詞的「이 [i]／가 [ga]」、「은 [eun]／는 [neun]」，表示前面接的名詞是受詞的「을 [eur]／를 [reul]」等助詞，這是中文所沒有的。

　　大家愛李敏鎬。

大家	×	李敏鎬	×	愛
mo.du	ga	i.min.ho	reur	sa.rang.hae.yo
例句▶ 모두	가	이민호	를	사랑해요 .
母.讀	卡	衣.敏.呼	路	莎.郎.黑.喲

我吃飯。

韓語語順 ▸ 　我是 　＋ 　飯을 　＋ 　吃。

我	×	飯	×	吃
jeo	neun	ba	beur	meo.geo.yo

例句 ▸ **저 는 밥 을 먹어요 .**

走　能　爬　布兒　末.勾.喲

---

rule 3 　分體言跟用言

一、體言：可以作為主詞的如名詞、代名詞、數詞等，語尾不會變化的。如：

　　名　詞：개 [gae]（狗）、산 [san]（山）、아버지 [a.beo.ji]（父親）

　　代名詞：이것 [i.geot]（這個）、저것 [jeo.geot]（那個）

　　數　詞：일 [il]（1）、삼 [sam]（3）、하나 [ha.na]（一個）、셋 [set]（三個）

二、用言：可以作為述詞的如動詞、形容詞、存在詞、指定詞等，語尾會變化的。如：

　　動　詞：먹다 [meok.da]（吃）、보다 [bo.da]（看）〈表示動作或作用〉

　　形容詞：예쁘다 [ye.ppeu.da]（美麗的）、크다 [keu.da]（大的）〈表示
　　　　　事物的性質或狀態〉

　　存在詞：있다 [it.da]（有、在）、없다 [eop.da]（沒有、不在）〈表示
　　　　　存在與否〉

　　指定詞：이다 [i.da]（是）、아니다 [a.ni.da]（不是）〈表示對事物的斷定〉

　　您注意到了嗎？上面的動詞、形容詞、存在詞、指定詞，每一個字後面都是「다」。只要是辭書形用言的最後，都會再加上這一個「다 [da]」字。「다」前面的部份，叫做語幹。另外，辭書形也叫原形、基本形。

● rule 4　**會變化的用言**

　　韓語跟日語一樣，用言的語幹後面，可以接上各種語尾的變化，來表達各式各樣的情境。例如，以「吃」먹다 [meok.da] 來做例子。

● 現在形：

我吃飯。

韓語語順 ▶ ＿＿我는＿＿ ＋ ＿＿飯을＿＿ ＋ ＿吃。＿

| 我 | × | 飯 | × | 吃 |
| jeo | neun | ba | beur | meo.geo.yo |

例句 ▶ 저 는 밥 을 먹어요 .
　　　走 能 爬 布兒 末.勾.喲

● 過去形：

我吃了飯。

韓語語順 ▶ ＿＿我는＿＿ ＋ ＿＿飯을＿＿ ＋ ＿吃了。＿

| 我 | × | 飯 | × | 吃了 |
| jeo | neun | ba | beur | meo.geo.sseo.yo |

例句 ▶ 저 는 밥 을 먹었어요 .
　　　走 能 爬 布兒 末.勾.手.喲

● 希望形：

我想吃飯。

韓語語順 ▶ ＿＿我는＿＿ ＋ ＿＿飯을＿＿ ＋ ＿吃＿ ＋ ＿想。＿

| 我 | × | 飯 | × | 吃 | 想 |
| jeo | neun | ba | beur | meok | go | si.peo.yo |

例句 ▶ 저 는 밥 을 먹 고 싶어요 .
　　　走 能 爬 布兒 摸 姑 細.波.喲

● **請託形：**

請吃飯。

韓語語順 ▸　　飯을　＋　　吃　　＋　　請。

飯	×	吃	請
ba	beur	meo　geo	ju.se.yo

例句 ▸ **밥　을　먹　어　주세요** .

爬　布兒　末　勾　阻.誰.喲

rule 5　重視上下尊卑的關係

　　為什麼韓國人喜歡問對方的年齡，跟是否結婚了呢？那是因為韓國人經常要透過年齡或身分地位，來決定跟對方要使用敬語或半語。只要是對長輩，不論親疏都要用敬語；對晚輩或年紀差不多的人使用半語（一半的語言）。如下：

❶ **尊敬的說法有兩種**

我吃了飯。

我	×	飯	×	吃了
jeo	neun	ba	beur	meo.geot.seum.ni.da

例句 ▸ **저　는　밥　을　먹었습니다** .（禮貌並尊敬的說法）

走　能　爬　布兒　末.勾.土.師母.妮.打

我	×	飯	×	吃了
jeo	neun	ba	beur	meo.geo.sseo.yo

例句 ▸ **저　는　밥　을　먹었어요** .（客氣但不是正式的說法）

走　能　爬　布兒　末.勾.手.喲

❷ 半語

我吃了飯。

我	✕	飯	✕	吃了
na	neun	ba	beur	meo.geo.sseo

例句▶ **나 는 밥 을 먹었어** . （上對下或親友間的說法）
　　　那　能　爬　<u>布兒</u>　末.勺.手

我	✕	飯	✕	吃了
nae	ga	ba	beur	meo.geot.da

例句▶ **내 가 밥 을 먹었다** . （上對下或親友間的說法）
　　　內　卡　爬　<u>布兒</u>　末.勺.打

練習
Practice

句子被打散了，請在（ ）內排出正確的順序。

1. 我是韓國人。

는 , 입니다 , 저 , 한국인
×　　 是　　 我　　 韓國人

_____ .

2. 我叫金賢重。

김현중 , 이름 , 입니다 , 은
金賢重　 名字　　 是　　 ×

_____ .

3. 我去學校。

는 , 가요 , 학교 , 에 , 저
×　 去　 學校　 ×　 我

_____ .

4. 他是社長。

입니다 , 사장 , 그 , 가
是　　 社長　 他　 ×

_____ .

5. 我看報紙。

는 , 나 , 을 , 신문 , 읽습니다
×　 我　 ×　 報紙　　 看

_____ .

答
案

1. 저는 한국인입니다 .
2. 이름은 김현중입니다 .
3. 저는 학교에 가요 .

4. 그가 사장입니다 .
5. 나는 신문을 읽습니다 .

STEP 2 「是＋名詞」平述句型

　　看到令人無法抵擋的男子魅力與氣質的韓星，衝上前想跟他說「是（你的）粉絲。」就要平述句型了。其他如「是男性」「是韓國」等，對事物表示肯定的論斷，都是用平述句型「是＋名詞」。以尊敬度來排列的話，最高的是「～입니다 [im.ni.da]」，接下來是「～에요 [e.yo]」，最後是「～야 [ya]」。

學習重點及關鍵文法

★ 韓國人是非常講究輩
　份的。
★ 是～＝
～입니다 [im.ni.da]
～에요 [e.yo]
～야 [ya]

先記住這些單字喔！

Track ◎ **06**

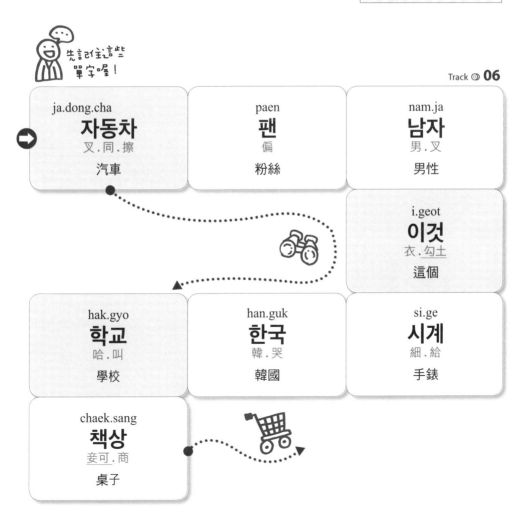

| ja.dong.cha 자동차 叉.同.擦 汽車 | paen 팬 偏 粉絲 | nam.ja 남자 男.叉 男性 |

| | | i.geot 이것 衣.勾土 這個 |

| hak.gyo 학교 哈.叫 學校 | han.guk 한국 韓.哭 韓國 | si.ge 시계 細.給 手錶 |

| chaek.sang 책상 妾可.商 桌子 | | |

31

Track ◎

● rule 1　是～＝～입니다 [im.ni.da]（禮貌並尊敬的說法）　07

　　到韓國面對年紀比你大的長輩、老師或初次見面的人，要表示高度的禮貌並尊敬對方，說自己「是粉絲」，這個「是～」就用「～입니다 [im.ni.da]」（原形是이다 [i.da]）。只要單純記住「是～＝～입니다」就可以啦！無論前面接的名詞是母音結尾或是子音結尾，都直接接「～입니다」就行啦。

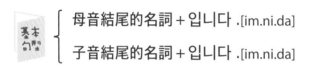

基本句型
母音結尾的名詞＋입니다 .[im.ni.da]
子音結尾的名詞＋입니다 .[im.ni.da]

是汽車。　　　　　　　　　　　　是粉絲。

汽車	是

粉絲	是

ja.dong.cha　im.ni.da　　　　　　pae　nim.ni.da

例句▶ 자동차　입니다 .　　例句▶ 팬　입니다 .
　　　叉.同.擦　因.妮.打　　　　　　配　因.妮.打

Track ◎

● rule 2　是～＝～예요 [ye.yo]（客氣但不是正式的說法）　08

　　「是～」還有一種用在親友之間，但說法帶有禮貌、客氣，語氣柔和的「～예요 [ye.yo]」。說法比原形的「이다 [i.da]」還要客氣。但禮貌度沒有「입니다 [im.ni.da]」來得高。

基本句型
母音結尾的名詞＋예요 .[ye.yo]
子音結尾的名詞＋이에요 .[i.e.yo]

是男性。　　　　　　是粉絲。

男性	是

粉絲	是

nam.ja　ye.yo　　　　　pae　ni.e.yo

例句▶ 남자　예요 .　　例句▶ 팬　이에요 .
　　　男.叉　也.喲　　　　　配　妮.也.喲

rule 3 是～＝～야 [ya]（上對下或親友間的說法）

看過「冬季戀歌」的人知道嗎？裡面的主角都是同學，所以講的都是「半語」喔！
也表示「是～」的「～야 [ya]」用法比較隨便一點，是用在對年紀比自己小，或年紀差
不多的親友之間的「半語＝一半的語言」。請注意，對長輩或較為陌生的人，可不要
使用喔！對方可能會覺得你很沒有禮貌，而對你有不好的印象喔！

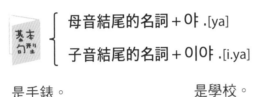

是手錶。

手錶	是

si.ge　　ya

例句▶ 시계　야 .

細.給　　牙

是學校。

學校	是

hak.ggyo　ya

例句▶ 학교　야 .

哈.叫　　牙

rule 4 是～＝～다 [da].（原形的說法）

입니다 [im.ni.da] 的原形是「다 [da] ／이다 [i.da]」。表示「是～」的意思。

母音結尾的名詞＋다 .[da]

子音結尾的名詞＋이다 .[i.da]

是手錶。

手錶	是

si.ge　　da

例句▶ 시계　다 .

細.給　　打

是桌子。

桌子	是

chaek.sang　i.da

例句▶ 책상　이다 .

妾可.商　衣.打

整理一下

	客氣且正式	稍稍客氣	隨　便	原　形
母音結尾	名詞＋ 입니다 [im.ni.da]	名詞＋ 예요 [ye.yo]	名詞＋ 야 [ya]	名詞＋ 다 [da]
子音結尾	名詞＋ 입니다 [im.ni.da]	名詞＋ 이에요 [i.e.yo]	名詞＋ 이야 [i.ya]	名詞＋ 이다 [i.da]

練習
Practice
請按提示的單字把下面的句子翻譯成韓語，（1、2）是입니다體；
（3、4）是에요體；（5、6）是半語。

1. 是上班族。（회사원）
^{上班族}

_____

2. 是暑假。（여름방학）
^{暑假}

_____

3. 是日本人。（일본사람）
^{日本人}

_____

4. 是學校。（학교）
^{學校}

_____

5. 是 11 月。（십일월）
^{11月}

_____

6. 是朋友。（친구）
^{朋友}

_____

答
案

1. 회사원입니다 .
2. 여름방학입니다 .
3. 일본사람이에요 .

4. 학교예요 .
5. 십일월이야 .
6. 친구야 .

STEP

3 助詞 1

這一回我們來看韓語的助詞。韓語跟日語一樣，主詞或受詞等後面都要加一個像小婢女一樣的助詞。韓語助詞會因為前接詞的結尾是子音或母音而產生變化。

學習重點及關鍵文法

★ 無具體意義＝는 [neun] / 은 [eun]
★ 無具體意義＝를 [reur] / 을 [eur]
★ 無具體意義＝가 [ga] / 이 [i]
★ ～的＝의 [ui]

先記好這些單字喔！

Track ● **11**

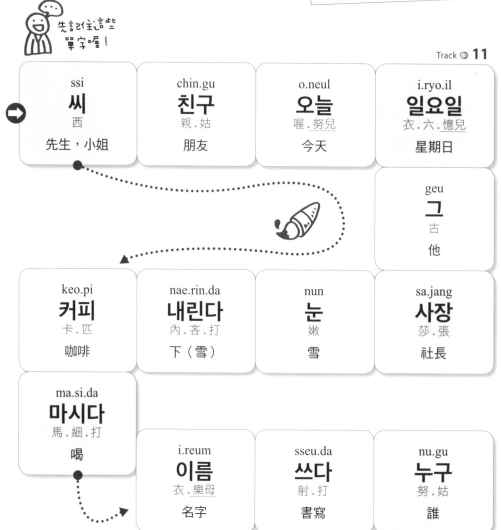

| ssi
씨
西
先生，小姐 | chin.gu
친구
親．姑
朋友 | o.neul
오늘
喔．努兒
今天 | i.ryo.il
일요일
衣．六．憶兒
星期日 |

geu
그
古
他

| keo.pi
커피
卡．匹
咖啡 | nae.rin.da
내린다
內．吝．打
下（雪） | nun
눈
嫩
雪 | sa.jang
사장
莎．張
社長 |

ma.si.da
마시다
馬．細．打
喝

| i.reum
이름
衣．樂母
名字 | sseu.da
쓰다
射．打
書寫 | nu.gu
누구
努．姑
誰 |

rule **1**　는 [neun], 은 [eun]：表示主詞

　　助詞「는 [neun], 은 [eun]」表示前面是主詞，這個主詞是後面要說明、討論的對象。譬如引爆超級韓流的「李敏鎬」，他那不凡的魅力，大大的征服了你。在你心裡，已經把他當成朋友了。要大聲說「敏鎬先生是朋友。」那麼，「는 [neun]」前面的主詞是「敏鎬先生」，後面要說明他「是朋友」。

基本句型
> 母音結尾的名詞＋는 [neun]
> 子音結尾的名詞＋은 [eun]

敏鎬先生是朋友。

敏鎬	先生	×	朋友	是
min.ho	ssi	neun	chin.gu	ye.yo

例句▶ **민호 씨 는 친구 예요 .**
敏.呼　西　能　親.姑　也.喲

今天是星期日。

今天	×	星期日	是
o.neu	reun	i.ryo.i	ri.e.yo

例句▶ **오늘 은 일요일 이에요 .**
喔.呢　輪恩　衣.六.衣　里.也.喲

　　「씨 [ssi]」（先生、小姐）是對男性及女性禮貌的稱呼。可以接在全名或名字後面，但不能只接在姓氏的後面。也不適用在稱呼長輩、老師或前輩身上。對長輩或必須尊敬的人，通常用「姓氏＋職稱」的稱呼方式。

● rule **2** 가 [ga], 이 [i]：表示主詞

　　助詞「가 [ga], 이 [i]」前接名詞，表示這一名詞是主詞，這主詞是要說明的對象，
或行動狀態的主體。大多含有不是別的，就是這個的指定、限定意味。

基本句型 {
母音結尾的名詞＋가 [ga]
子音結尾的名詞＋이 [i]
}

他是社長。

他	×	社長	是

geu	ga	sa.jang	im.ni.da

例句▶ 그 가 사장 입니다 .

古　卡　莎.張　因.妮.打

下雪。

雪	×	下

nu	ni	wa.yo

例句▶ 눈 이 와요 .

努　妮　娃.喇

● rule **3** 를 [reur], 을 [eur]（表示受詞）

　　助詞「를 [reur], 을 [eur]」前接名詞，表示這一名詞是後面及物動詞的受詞。

基本句型 {
母音結尾的名詞＋를 [reur]
子音結尾的名詞＋을 [eur]
}

喝咖啡。

咖啡	×	喝

keo.pi	reur	ma.sim.ni.da

例句▶ 커피 를 마십니다 .

卡.匹　路　馬.心.妮.打

寫名字。

名字	×	寫

i.reu	meur	sseum.ni.da

例句▶ 이름 을 씁니다 .

衣.魯　母　順.妮.打

rule 4 의 [e]：表示所有

「의 [e]」是表示所有、領屬、來源等關係的助詞。「의 [e]」不會因為前接詞的結尾是子音或母音而產生變化。要注意的是發音時不念「ui」，要念「e」。相當於中文的「的～，之～」。

基本句型
> 母音結尾的名詞＋의 [e]
>
> 子音結尾的名詞＋의 [e]

是韓國的名產。

韓國	的	名產	是
han.gu	ge	myeong.mu	rim.ni.da

例句 ▶ **한국** **의** **명물** **입니다** .
　　　韓.姑　給　妙.木　衣樸.妮.打

這是誰的東西？

這是	誰	的	東西
i.ge	nu.gu	e	geo.si.e.yo

例句 ▶ **이게** **누구** **의** **것이에요** ?
　　　衣.給　努.姑　也　勾.細.也.喲

> 連接表示日期的兩個名詞時，會省略「의 [e]」。如：「내년사월 [nae.nyeon.sa.wor]」（明年 4 月）。「내년 [nae.nyeon]」後面不接「의 [e]」。

rule 5　人稱的省略

　　另外，第一人稱「저 [jeo]（我）」、「나 [na]（我）」，跟第二人稱「너 [neo]（你）」接「의 [e]」時，各省略成「제 [je]（我的）」、「내 [nae]（我的）」、「네 [ne]（你的）」的念法。

這不是我的東西。

這	×	我的	東西	×	不是
i.geo	seun	nae	geo	si	a.ni.e.yo

例句▶ 이것 은 내 것 이 아니에요 .

衣.勾　順　內　勾　細　阿.妮.也.喲

這位是我的朋友。

這	人	×	我的	朋友	是
i	sa.ra	meun	je	chin.gu	im.ni.da

例句▶ 이 사람 은 제 친구 입니다 .

衣　莎.郎　運　姊　親.姑　因.妮.打

整理一下

	主　詞	主　詞	受　詞	所　有
母音結尾	는 [neun]	가 [ga]	를 [reur]	의 [e]
子音結尾	은 [eun]	이 [i]	을 [eur]	의 [e]

練習
Practice

句子被打散了，請在（　　）內排出正確的順序。

1. 我是男生。

는_× , 입니다_是 , 남자_{男生} , 저_我

_____ .

2. 這裡是東大門。

이에요_是 , 동대문_{東大門} , 가_× , 여기_{這裡}

_____ .

3. 吃牛五花肉。

를_× , 먹어요_吃 , 갈비_{牛五花肉}

_____ .

4. 是韓國的名產。

입니다_是 , 의_的 , 명물_{名產} , 한국_{韓國}

_____ .

5. 買雜誌。

를_× , 삽니다_買 , 잡지_{雜誌}

_____ .

6. 小孩很可愛。

는_× , 귀여워요_{很可愛} , 아이_{小孩}

_____ .

答
案

1. 저는 남자입니다 .
2. 여기가 동대문이에요 .
3. 갈비를 먹어요 .
4. 한국의 명물입니다 .
5. 잡지를 삽니다 .
6. 아이는 귀여워요 .

STEP 4 動詞・形容詞的基本形（原形）

　　美麗、婀娜多姿的女韓星，常看得所有粉絲眼睛都跟著亮起來啦！叫人直呼：「太美啦！」想趕快「去韓國啦！」。這一回我們就趕快來介紹「去」、「美的」這類的動詞・形容詞的基本形囉！

先記住這些單字喔！

學習重點及關鍵文法

★ 합니다體 [ham.ni.da]：語尾的「다 [da]」變成「ㅂ니다 [b.ni.da]/ 습니다 [seum.ni.da]」

★ 해요體 [hae.yo]：語尾的「다 [da]」變成「아요 [a.yo]/ 어요 [eo. yo]」

★ 半語體：拿掉「해요體 [hae. yo]」的「요 [yo]」

Track 16

| jeon.ja.ren.ji 전자렌지 怎.又.連.吉 微波爐 | bak 밖 爬客 外面 | geo.ri 거리 勾.里 距離 | jim 짐 基母 行李 |

| | | | mom 몸 母 身體 |

| | yeo.haeng 여행 有.狠 旅行 | sok.do 속도 收.土 速度 | geul 글 股 文章 |

| keo.pi 커피 卡.匹 咖啡 | don 돈 洞 錢 | mat 맛 馬 味道 | |

rule 1 하다體 [ha.da]（辭書形）

　　韓語裡的動詞・形容詞結尾以「다 [da]」結束的叫「하다體 [ha.da]」，由於詞典裡看到的也是這一形，所以又叫辭書形（也叫基本形、原形）。韓語的動詞・形容詞結尾是會變化的，例如「去」這個動詞的原形是「가다 [ga.da]」，在華語中，如果要說「不去」，只要加上「不」，但韓語動詞結尾「가다」的「다」要進行變化，來表示「不」的意思，而沒有變化的「가」叫做語幹。形容詞的變化也是一樣的。

● 動詞

原形		語幹
가다 [ga.da]（去）	➡	가 [ga]
먹다 [meok.dda]（吃）	➡	먹 [meok]
팔다 [pal.da]（賣）	➡	팔 [pal]
타다 [ta.da]（搭乘）	➡	타 [ta]

● 形容詞

原形		語幹
크다 [keu.da]（大的）	➡	크 [keu]
작다 [jak.dda]（小的）	➡	작 [jak]
길다 [gil.da]（長的）	➡	길 [gil]
좋다 [jo.ta]（好的）	➡	좋 [jot]
덥다 [deop.dda]（熱的）	➡	덥 [deob]

去。 ➡ 不去。

去	去	不
ga.da.	ga　ji	an.ta
가다.	**가 지**	**않다.**
卡．打	卡　吉	安．打

例句 ➡

● rule 2 **합니다體 [ham.ni.da]、해요體 [hae.yo] 跟半語體的比較（平述句語尾）**

　　講究輩份的韓國人在會話的結尾，有幾種說話方式。禮貌度不一樣，活用的方式也不一樣。有禮貌並尊敬的「합니다體 [ham.ni.da]」；客氣但不正式的「해요體 [hae.yo]」；上對下或親友間的「半語體」。這又叫用言平述句的語尾，沒有具體的意思。

原形	語幹	합니다體	해요體	半語體
가다 [ga.da]（去）	가 [ga]	갑니다 [gam.ni.da]	가요 [ga.yo]	가 [ga]

● rule 3 **합니다體 [ham.ni.da]**

　　就是把語尾的「다 [da]」變成「ㅂ니다 [b.ni.da] ／습니다 [seum.ni.da]」就行啦！這是最有禮貌的結束方式。聽韓國的新聞播報，就可以常聽到這一說法。「母音語幹結尾＋ㅂ니다 [b.ni.da]; 子音語幹結尾＋습니다」。「母音語幹結尾＋ㅂ니다」的「ㅂ [b]」接在沒有子音的詞，被當作子音（收尾音）。這種活用規則，動詞、形容詞、存在詞、指定詞都適用。

　　母音語幹結尾＋ㅂ니다 [b.ni.da]
　　子音語幹結尾＋습니다 [seum.ni.da]

原形		語幹		합니다體
가다 [ga.da]（去）	➡	가 [ga]	➡	갑니다 [gam.ni.da]
서다 [seo.da]（站立）	➡	서 [seo]	➡	섭니다 [seom.ni.da]
싸다 [ssa.da]（便宜）	➡	싸 [ssa]	➡	쌉니다 [ssam.ni.da]
앉다 [an.dda]（坐下）	➡	앉 [an]	➡	앉습니다 [an.seum.ni.da]
먹다 [meok.dda]（吃）	➡	먹 [meog]	➡	먹습니다 [meok.seum.ni.da]
좋다 [jo.ta]（好的）	➡	좋 [jot]	➡	좋습니다 [jot.seum.ni.da]

用微波爐加熱。

加熱		微波爐	用	加熱
de.u.da		jeon.ja.ren.ji	e	de.um.ni.da
例句▶ 데우다	:	전자렌지	에	데웁니다 .
爹.無.打		怎.又.連.吉	也	爹.五母.妮.打

在外面玩。

遊玩		外面	在	玩
nol.da		ba	kke.seo	nom.ni.da
例句▶ 놀다	:	밖	에서	놉니다 .
農.打		爬	給.瘦	農.妮.打

料理很辣。

辣的		料理	×	很辣
jja.da		eum.si	gi	jjam.ni.da
例句▶ 짜다	:	음식	이	짭니다 .
恰.打		恩.細	給	甲母.妮.打

距離很遠。

遠的		距離	×	很遠
meol.da		geo.ri	ga	meom.ni.da
例句▶ 멀다	:	거리	가	멉니다 .
末兒.打		科.里	卡	某.妮.打

rule **4**　해요體 [hae.yo]

　　就是把語尾的「다 [da]」變成「아요 [a.yo] ／어요 [eo.yo]」就行啦！這是一般口語中常用到的客氣但不是正式的平述句語尾「～요 [yo]」的「해요體 [hae.yo]」。這是首爾的方言，由於說法婉轉一般女性喜歡用，男性也可以用。至於動詞‧形容詞要怎麼活用呢？那就看語幹的母音是陽母音，還是陰母音來決定了。

● 語幹的母音是陽母音時

　　什麼是陽母音呢？那就是向右向上的母音「ㅏ、ㅑ、ㅗ、ㅛ、ㅘ」了。例如「살다 [sal.da]（活著）」、「닫다 [dat.dda]（關閉）」、「옳다 [ol.ta]（正確）」等，語幹是陽母音的動詞‧形容詞，就要用「語幹＋아 [a] ＋요 [yo]」的形式了。只要記住「아 [a]」的「ㅏ [a]」也是陽母音，就簡單啦！

> ### 陽母音語幹＋아 [a] ＋요 [yo]

原形	陽母音語幹	해요體
살다 [sal.da] （活著）	➡ 살 [sar]（母音是ㅏ） :	살아요 .[sa.ra.yo]（살＋아＋요）
닫다 [dat.dda] （關閉）	➡ 닫 [dad]（母音是ㅏ） :	닫아요 .[da.da.yo]（닫＋아＋요）
옳다 [ol.ta] （正確）	➡ 옳 [ol]（母音是ㅗ） :	옳아요 .[o.la.yo]（옳＋아＋요）
가다 [ga.da] （去）	➡ 가 [ga]（母音是ㅏ） :	가요 .[ga.yo]（가＋아＋요．但因為「ㅏ、아」兩個母音連在一起，所以「아」被省略了。）
대단하다 [dae.dan.ha.da] （了不起）	➡ 대단하 [dae.dan.ha] （母音是ㅏ） :	대단해요 .[dae.dan.hae.yo]（대단하＋아＋요．但因為「하、아」兩個母音連在一起，所以縮約為「해」。）

打包行李。

打包	行李	×	打包
ssa.da	ji	meur	ssa.yo

例句▶ 싸다 : 짐 을 싸요 .
撒.打　吉　母　撒.喲

身體是冷的。

冷的	身體	×	冷的
cha.da	mo	mi	cha.yo

例句▶ 차다 : 몸 이 차요 .
擦.打　母　迷　擦.喲

● **語幹的母音是陰母音時**

　　陽母音以外的母音叫「陰母音」，有「ㅓ、ㅕ、ㅜ、ㅠ、ㅡ、ㅣ」。例如：「묻다 [mut.da]（埋葬）」、「서다 [seo.da]（站立）」、「재미있다 [jae.mi.it.dda]（有趣）」等，語幹是陰母音的動詞・形容詞，就要用「語幹＋어 [eo] ＋요 [yo]」的形式了。只要記住「어 [eo]」的「ㅓ [eo]」也是陰母音，就簡單啦！

陰母音語幹＋어 [eo] ＋요 [yo]

原形		陰母音語幹		해요體
묻다 [mut.dda] （埋葬）	➡	묻 [mud] （母音是ㅜ）	:	묻어요 .[mu.deo.yo]（묻＋어＋요）
서다 [seo.da] （站立）	➡	서 [seo] （母音是ㅓ）	:	서요 .[seo.yo]（서＋어＋요 . 但是「ㅓ、어」 兩個母音連在一起，所以「어」被省略了）
재미있다 [jae.mi.it.dda] （有趣）	➡	재미있 [jae.mi.it] （母音是ㅣ）	:	재미있어요 .[jae.mi.i.sseo.yo] （재미있＋어＋요）

用韓文寫文章。

寫	韓文	用	文章	×	寫
sseu.da	han.geul	lo	geu	reur	sseo.yo

例句▶ 쓰다 : 한글 로 글 을 써요 .
　　　射.打　韓.股　樓　古　路　手.喲

速度慢。

慢的	速度	×	慢
neu.ri.da	sok.do	ga	neu.ryeo.yo

例句▶ 느리다 : 속도 가 느려요 .
　　　呢.里.打　收.土　卡　呢.留.喲

例外，「 하다 [ha.da]」（做）的特殊變化是「하다 [ha.da] → 해요 [he.yo]」。

● rule 5　半語體

　　只要把「해요體 [hae.yo]」最後的「요 [yo]」拿掉就行啦！半語體用在上對下或親友間。在韓國只要是長輩或是陌生人，甚至只大你一歲的人，都不要用「半語體」，否則不僅會被覺得很沒禮貌，還可能會被碎碎念哦！至於動詞‧形容詞要怎麼活用呢？那也是看語幹的母音來決定了。

● 語幹的母音是陽母音（ㅏ、ㅑ、ㅗ、ㅛ、ㅘ）時

　　跟「해요體 [hae.yo]」的活用一樣，最後只要不接「요 [yo]」就行啦！也就是「語幹＋아 [a]」的形式了。

> 陽母音語幹＋아 [a]

原形	陽母音語幹	半語體
살다 [sal.da]（活著）➡	살 [sar]（母音是ㅏ） :	살아 .[sa.ra]（살＋아）
닫다 [dat.dda]（關閉）➡	닫 [dad]（母音是ㅏ） :	닫아 .[da.da]（닫＋아）
가다 [ga.da]（去）➡	가 [ga]（母音是ㅏ） :	가 .[ga]（가＋아．但因為「ㅏ、아」兩個母音連在一起，所以「아」被省略了）
옳다 [ol.ta]（正確）➡	옳 [ol]（母音是ㅗ） :	옳아 .[o.la]（옳＋아）

去首爾旅行。

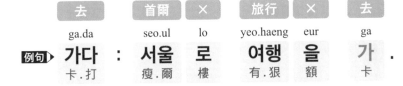

去		首爾	×		旅行	×		去
ga.da		seo.ul	lo		yeo.haeng	eur		ga
例句▶ 가다	：	서울	로		여행	을		가	.
卡.打		瘦.爾	樓		有.狠	額		卡

咖啡太濃了。

濃的		咖啡	×	太	濃
jin.ha.da		keo.pi	ga	neo.mu	jin.hae
例句▶ 진하다	：	커피	가	너무	진해	.
親.哈.打		卡.匹	卡	娜.木	親.黑

● 語幹的母音是陰母音時

　　　跟「해요體 [hae.yo]」的活用一樣，最後只要不接「요 [yo]」就行啦！也就是「語幹＋어 [a]」的形式了。

{ 陰母音語幹＋어 [a]

原形	陰母音語幹		半語體
묻다 [mut.dda] （埋葬）	➡ 묻 [mud]（母音是ㅜ）	：	묻어 .[mu.deo]（묻＋어 .）
서다 [seo.da] （站立）	➡ 서 [seo]（母音是ㅓ）	：	서 .[seo]（서＋어 . 但是「ㅓ、어」兩個母音連在一起，所以「어」被省略了）
재미있다 [jae.mi.it.da] （有趣）	➡ 재미있 [jae.mi.it] （母音是ㅣ）	：	재미있어 .[jae.mi.i.sseo] （재미있＋어 .）

賺錢。

賺	錢	×	賺
beol.da	do	neur	beo.reo

例句▶ 벌다 : 돈 을 벌어 .

撥.打　　土　奴　波.樓

味道甜。

甜的	味道	×	甜的
dal.da	ma	si	da.ra

例句▶ 달다 : 맛 이 달아 .

台.打　　馬　細　它.郎

● 하變則用言（名詞＋하다 [ha.da]）

　　韓語中，還有一種動詞跟形容詞用的是「名詞＋하다 [ha.da]」的形式。叫做「하變則用言」（又叫하다用言、여 [yeo] 變則用言）。例如：

基本形→하다（사랑하다）[ha.da (sa.rang.ha.da)]

客氣正式→합니다（사랑합니다）[ham.ni.da (sa.rang.ham.ni.da)]

客氣非正式→해요（사랑해요）[hae.yo (sa.rang.hae.yo)]

名詞＋하다	하變則用言
愛＋하다 ➡	사랑하다 .[sa.rang.ha.da]（喜愛。）
感謝＋하다 ➡	감사하다 .[gam.sa.ha.da]（感謝。）
多情＋하다 ➡	다정하다 .[da.jeong.ha.da]（多情、親切）

我愛她（那女人）。

例句▶ 저 는 그 여자 를 사랑해요 .

那人很親切。

例句▶ 저 사람 은 다정해요 .

✎ ❶ 請把下面的動詞基本形，改成합니다體、해요體跟半語體。

基本形	中文	합니다體	해요體	半語體
가다	去			
오다	來			
서다	站立			
먹다	吃			

✎ ❷ 請把〔 〕裡的單字，排出正確的順序，並把 （1、2）改成합니다體；（3）改成해요體。

1. 今天好熱。

〔은 , 덥다 , 오늘〕
　 ×　　熱　　今天

_____ .

2. 這鐘錶好貴。

〔비싸다 , 이 , 는 , 시계〕
　 昂貴　 這個　×　 時鐘

_____ .

3. 這裡好吵。

〔는 , 시끄럽다 , 여기〕
　 ×　 吵雜　　 這裡

_____ .

答
案

❶

基本形	中文	합니다體	해요體	半語體
가다	去	갑니다	가요	가
오다	來	옵니다	와요	와
서다	站立	섭니다	서요	서
먹다	吃	먹습니다	먹어요	먹어

❷
  1. 오늘은 덥습니다 .
  2. 이 시계는 비쌉니다 .
  3. 여기는 시끄러워요 .

STEP

5 疑問句

粉絲們看到自然清新、才華洋溢、帥氣可愛的韓星，一定有很多問題要問吧！這一回我們來介紹韓語的疑問句。要說「是朋友嗎？」、「你喜歡台灣料理嗎？」的「（是）～嗎？」，要怎麼說呢？

學習重點及關鍵文法

★ 합니다體 [ham.ni.da]：去「다 [da]」加「까 [kka]」就行啦
★ 해요體 [hae.yo]：只要加上「？」就行啦
★ 半語體：只要加上「？」就行啦

늦言러주這些
單字喔！

Track ⊚ **22**

sin.bu **신부** 心.樸 新娘	han.gung.mal **한국말** 韓.姑恩.馬 韓國話	seo.ul **서울** 瘦.爾 首爾	cha **차** 擦 車子

chaek
책
妄可
書

han.gung.yo.ri **한국요리** 韓.姑恩.喲.里 韓國料理	ma.sit.da **맛있다** 馬.西.打 好吃	ga.da **가다** 卡.打 去	nae.il **내일** 內.憶兒 明天

tel.le.bi.jeon
텔레비전
貼.淚.比.怎
電視

bo.da **보다** 普.打 看	ba.da **바다** 爬.打 大海	neolp.da **넓다** 弄吳.打 遼闊

rule 1　名詞的疑問句

　　名詞的疑問句，有「합니다體 [ham.ni.da]」、「해요體 [hae.yo]」跟「半語體」，差別如下。

● 합니다體 [ham.ni.da]

　　禮貌並尊敬的說法「합니다體」的疑問句，句型是「名詞＋입니까？[im.ni.kka]」（是～嗎？）。也就是把平述句的「입니다 [im.ni.da]」（是～）的「다 [da]」改成「까 [kka]」就行啦！例如：「신부입니다 [sin.bu.im.ni.da].（是新娘。）→신부입니까？[sin.bu.im.ni.kka]（是新娘嗎？）」不會因為前接詞的結尾是子音或母音而產生變化。

 基本句型 {

母音結尾的名詞＋입니까？[im.ni.kka]

子音結尾的名詞＋입니까？[im.ni.kka]
}

是新娘嗎？

新娘	是	嗎
sin.bu	im.ni	kka

例句 ▶ 신부 입니 까 ？
心.樸　因.妮　嘎

是韓國話嗎？

韓國話	是	嗎
han.gung.ma	rim.ni	kka

例句 ▶ 한국말 입니 까 ？
韓.姑恩.馬　衣樸.妮　嘎

　　有問就有回，回答「是」就說「네 [ne]」；「不是」就說「아뇨 [a.nyo]」。

● 해요體 [hae.yo]

　　客氣但不是正式說法「해요體 [hae.yo]」的疑問句，句型是「名詞＋예요？[ye. yo]／이에요？[i.e.yo]」，也就是在肯定句的句尾加上「？」，發音上揚就行啦。例如：「친구예요 [chin.gu.ye.yo]．（是朋友。）→친구예요？[chin.gu.ye.yo]（是朋友嗎？）」。「에 [e]」跟「예 [ye]」看起來很像，但後者多了一條線，可要小心一點哦！我們來看看例句。

是朋友嗎？

| 朋友 | 是 | 嗎 |

chin.gu　　ye.yo

例句▶ 친구　예요　？
　　　親.姑　也.喲

是首爾嗎？

| 首爾 | 是 | 嗎 |

seo.u　　ri.e.yo

例句▶ 서울　이에요　？
　　　瘦.無　里.也.喲

● 半語體

　　上對下或親友間的說法「半語體」的疑問句，句型是「名詞＋야？[ya]／이야？[i.ya]」。也就是在肯定句的句尾加上「？」，發音上揚就行啦。例如：「이건 내 차야 .[i.geon.nae.cha.ya]（這是我的車子。）→이건 내 차야？[i.geon.nae.cha.ya]（這是我的車子嗎？）」。

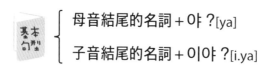

母音結尾的名詞＋야？[ya]

子音結尾的名詞＋이야？[i.ya]

這是我的車子嗎？

這	我的	車子	是	嗎
i.geon	nae	cha	ya	

例句▶ 이건　내　차　야　？
衣.滾　　內　　擦　牙

這是我的書嗎？

這	我的	書	是	嗎
i.geon	nae	chae	gi.ya	

例句▶ 이건　내　책　이야　？
衣.滾　　內　　切　給.牙

● 「야 [ya] ／이야 [i.ya]」用在名詞 (特別是人名) 後，表示稱呼。常用於稱呼平輩或對下。

吉珠啊，快到這兒來！

吉珠	啊	快	這兒	到	來
gil.su	ya	ppal.li	i.ri	ro	o.neo.ra

例句▶ 길수　야　！　빨리　이리　로　오너라 .
基兒.樹　牙　　八.里　衣.里　樓　喔.樓.拉

整理一下

	名詞	합니다體	해요體	半語體
母音結尾	친구 [chin.gu]（朋友）	친구입니까？ [chin.gu.im.ni.kka]	친구예요？ [chin.gu.ye.yo]	친구야？ [chin.gu.ya]
子音結尾	학생 [hak.saeng]（學生）	학생입니까？ [hak.saeng.im.ni.kka]	학생이에요？ [hak.saeng.i.e.yo]	학생이야？ [hak.saeng.i.ya]

rule 2　動詞・形容詞的疑問句

　　動詞・形容詞的疑問句，也是有「합니다體 [ham.ni.da]」、「해요體 [hae.yo]」跟「半語體」，差別如下。

● 합니다體 [ham.ni.da]

　　禮貌並尊敬的說法「합니다體 [ham.ni.da]」的疑問句，句型是「動詞・形容詞＋ㅂ니까？[b.ni.kka]／습니까？[seum.ni.kka]」（～嗎？）。也就是把「ㅂ니다 [b.ni.da]／합니다 [ham.ni.da]」字尾的「다 [da]」改成「까 [kka]」就行啦！

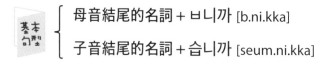

基本句型
- 母音結尾的名詞＋ㅂ니까 [b.ni.kka]
- 子音結尾的名詞＋습니까 [seum.ni.kka]

去 ➡ 去嗎？

去		去	嗎
ga.da		gam.ni	kka

例句▶ 가다 ➡ 갑니 까 ？
　　　卡.打　　卡母.妮　嘎

明天去學校嗎？

明天	×	學校	×	去	嗎
nae.ir	eun	hak.gyo	e	gam.ni	kka

例句▶ 내일 은 학교 에 갑니 까 ？
　　　內.衣　輪恩　哈.叫　也　卡母.妮　嘎

好吃 ➡ 好吃嗎？

好吃		好吃	嗎
ma.sit.da		ma.sit.seum.ni	kka

例句▶ 맛있다 ➡ 맛있습니 까 ？
　　　馬.西.打　　馬.西.師母.妮　嘎

台灣料理好吃嗎？

台灣料理	✕	好吃	嗎
dae.man.yo.ri	neun	ma.sit.seum.ni	kka

例句▶ **대만요리 는 맛있습니 까 ?**
貼.滿.喲.里　能　馬.西.師母.妮　嘎

● 해요體 [hae.yo]

　　客氣但不是正式說法「해요體 [hae.yo]」的疑問句，句型是「動詞・形容詞＋아요？ [a.yo] ／어요？ [eo.yo]」，只要在「해요體 [hae.yo]」平述句（가요 [ga.yo] 等）的句尾加上「？」，然後發音上揚就行啦！「아 [a]」跟「어 [eo]」長很像，可要小心一點哦！我們來看看例句。

基本句型 {
陽母音結尾＋**아요** [a.yo]
陰母音結尾＋**어요** [eo.yo]
}

看電視嗎？

電視	✕	看	嗎
tel.le.bi.jeo	neur	bwa.yo	

例句▶ **텔레비전 을 봐요 ?**
貼.淚.比.走　奴　拔.喲

大海遼闊嗎？

大海	✕	遼闊	嗎
ba.da	neun	neol.beo.yo	

例句▶ **바다 는 넓어요 ?**
爬.打　能　男兒.波.喲

整理一下 什麼叫「陽母音」跟「陰母音」呢？

	說　明	單　字
陽母音	陽母音是向右向上的母音，有「ㅏ、ㅑ、ㅗ、ㅛ、ㅘ」	살다 [sal.da]（活著） 닫다 [dat.da]（關閉） 옳다 [ol.ta]（正確）
陰母音	陽母音以外的母音叫「陰母音」有「ㅓ、ㅕ、ㅜ、ㅠ、ㅡ、ㅣ」	묻다 [mut.da]（埋葬） 서다 [seo.da]（站立） 재미있다 [jae.mi.it.da]（有趣）

● 半語體

　　上對下或親友間的說法「半語體」的疑問句，只要把「해요體 [hae.yo]」最後的
「요 [yo]」去掉，然後句尾加上「？」就行啦！

看電視嗎？

電視	×	看	嗎
tel.le.bi.jeo	neur	bwa	

例句▶ **텔레비전　을　봐　？**
　　　貼.淚.比.走　奴　拔

大海遼闊嗎？

大海	×	遼闊	嗎
ba.da	neun	neol.beo	

例句▶ **바다　는　넓어　？**
　　　爬.打　能　男兒.波

整理一下

動詞・形容詞	합니다體	해요體	半語體
가다 [ga.da]（去）	갑니까？ [gam.ni.kka]	가요？ [ga.yo]	가？[ga]
먹다 [meok.da]（吃）	먹습니까？ [meok.seum.ni.kka]	먹어요？ [meo.geo.yo]	먹어？[meo.geo]
예쁘다 [ye.ppeu.da]（可愛）	예쁩니까？ [ye.ppeum.ni.kka]	예뻐요？ [ye.ppeo.yo]	예뻐？ [ye.ppeo]
멀다 [meol.da]（遠的）	멉니까？ [meom.ni.kka]	멀어요？ [meo.reo.yo]	멀어？ [meo.reo]

練習 Practice

請把下面的肯定句改成疑問句。（1、2）是합니다體；（3、4）是해요體；（5、6）是半語體。

1. 你是台灣人。

당신은 대만사람이다 .

_____ ?

2. 是上班族。

회사원이다 .

_____ ?

3. 這個好吃。

이것은 맛있다 .

_____ ?

4. 這個有趣。

이것은 재미있다 .

_____ ?

5. 他吃蔬菜。

그는 야채를 먹다 .

_____ ?

6. 去首爾。

서울에 가다 .

_____ ?

答案

1. 당신은 대만사람입니까 ?.
2. 회사원입니까 ?
3. 이것은 맛있어요 ?
4. 이것은 재미있어요 ?
5. 그는 야채를 먹어 ?
6. 서울에 가 ?

STEP 6 否定句

這一回我們來談談韓語的否定句。要說「我不是韓國人。」「我不去。」「我不喜歡。」的「不是～」，要怎麼說呢？

學習重點及關鍵文法

★ 名詞的否定句：
　가 [ga]/ 이 아니다 [i.a.ni.da]
★ 動詞· 形容詞否定句 1：
　안 [an] ＋動詞· 形容詞
★ 動詞· 形容詞否定句 2：
　動詞語幹＋지 않다 [ji.an.ta]

先記住這些單字喔！

Track ◎ **25**

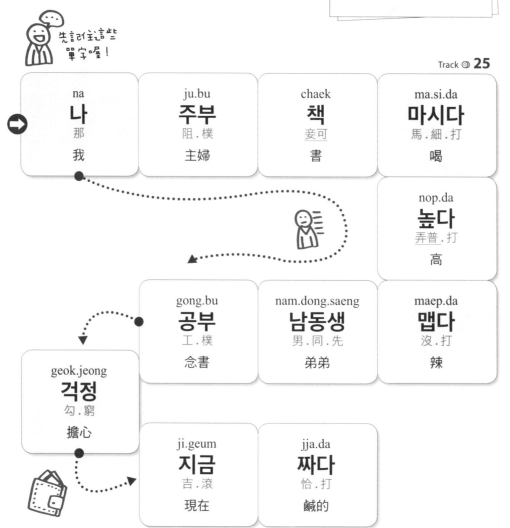

| na
나
那
我 | ju.bu
주부
阻.樸
主婦 | chaek
책
妾可
書 | ma.si.da
마시다
馬.細.打
喝 |

nop.da
높다
弄普.打
高

| gong.bu
공부
工.樸
念書 | nam.dong.saeng
남동생
男.同.先
弟弟 | maep.da
맵다
沒.打
辣 |

geok.jeong
걱정
勾.窮
擔心

| ji.geum
지금
吉.滾
現在 | jja.da
짜다
恰.打
鹹的 |

rule 1 　**名詞的否定句「가 [ga]/ 이 아니다 [i.a.ni.da]」**

名詞的否定句用「가 [ga] ／이 아닙니다 [i.a.nim.ni.da]；가 [ga] ／이 아니예요 [i.a.ni. ye.yo]」，原形是「가 [ga] ／이 아니다 [i.a.ni.da]」。相當於中文的「不是～」。很簡單吧！

基本句型 {
母音結尾的名詞＋**가 아닙니다** [ga.a.nim.ni.da]
子音結尾的名詞＋**이 아닙니다** [i.a.nim.ni.da]
}

我不是主婦。

我	×	主婦	×	不是
na	neun	ju.bu	ga	a.ni.ye.yo

例句▶ **나** **는** **주부** **가** **아니예요** .
　　　　那　　能　　阻.樸　　卡　　阿.妮.也.喲

這不是書。

這	×	書	×	不是
i.geo	seun	chae	gi	a.nim.ni.da

例句▶ **이것** **은** **책** **이** **아닙니다** .
　　　　衣.勾　順　　切　給　　阿.你母.妮.打

 rule 2 　**動詞跟形容詞的第一種否定句「안 [an] ＋ 動詞・形容詞」**

我們在這裡要學習動詞跟形容詞的兩種否定句。先介紹第一種「안 [an] ＋動詞・形容詞」。只要在動詞跟形容詞形容詞前面加上「안 [an]」就行啦！簡單吧！只是，有「하다 [ha.da]」的動詞，一般「하다 [ha.da]」前面要接「안 [an]」。常用在會話上。我們來看一下例句。

● 안 [an] ＋動詞

只要在動詞「간다 [gan.da]」（去）、尊敬形的「갑니다 [gam.ni.da]」（去）等平述句前加上「안 [an]」，就行啦！使用「안 [an]」的否定句，是表示由自己的意志，不做該動作。

我不去。

我	×	不	去
na	neun	an	ga.yo
나	는	안	가요 .
那	能	安	卡 . 喲

例句▶

我不喝。

我	×	不	喝
na	neun	an	ma.syeo.yo
나	는	안	마셔요 .
那	能	安	馬 . 秀 . 喲

例句▶

● 안 [an] ＋形容詞

這個不貴。

這個	×	不	貴
i.geo	seun	an	bi.ssa.yo
이것	은	안	비싸요 .
衣 . 勾	順	安	比 . 撒 . 喲

例句▶

這個不辣。

這個	不	辣
i.geo	an	mae.wo.yo
이거	안	매워요 .
衣.勾	安	每.我.喲

例句▶

● 하다 [ha.da] ＋動詞

弟弟不念書。

弟弟	×	念書	不	
nam.dong.seng	eun	gong.bu	an	he.yo
남동생	은	공부	안	해요 .
男.同.生	運	工.樸	安	內.喲

例句▶

我不擔心。

我	×	擔心	不	
na	neun	geok.jeong	an	he.yo
나	는	걱정	안	해요 .
那	能	勾.窮	安	內.喲

例句▶

● rule 3 動詞跟形容詞的第二種否定句「지 않다 [ji.an.ta]」 28

只要動詞跟形容詞的語幹加上「지 않습니다 [ji.an.seum.ni.da] ／않아요 [a.na.yo]」原形是「지 않다 [ji.an.ta]」。意思跟上面的「안 [an] ＋動詞・形容詞」一樣。

● **動詞語幹＋지 않다 [ji.an.ta] ／않습니다 [an.seum.ni.da] ／않아요 [a.na.yo]**

不去學校。

學校	×	去		不
hak.gyo	e	ga	ji	an.seum.ni.da

例句▶ **학교 에 가 지 않습니다** . （ ga.da 가다：去 ）
哈.叫　也　卡　吉　安.師母.妮.打

現在不學習。

現在	學習		不
ji.geum	gong.bu.ha	ji	a.na.yo

例句▶ **지금 공부하 지 않아요** . （ gong.bu.ha.da 공부하다：學習 ）
吉.滾　工.樸.哈　吉　阿.那.喲

● **形容詞語幹＋지 않다 [ji.an.ta] ／않습니다 [an.seum.ni.da] ／않아요 [a.na.yo]**

不鹹。

鹹		不
jja	ji	an.seum.ni.da

例句▶ **짜 지 않습니다** . （ jja.da 짜다：鹹的 ）
恰　吉　安.師母.妮.打

不可愛。

可愛		不
ye.ppeu	ji	a.na.yo

例句▶ **예쁘 지 않아요** . （ ye.ppeu.da 예쁘다：美麗的 ）
也.不　吉　阿.那.喲

練習
Practice
請用否定句回答下面的問題。(1、2)是禮貌並尊敬的說法;(3～6)
是客氣但不正式說法。

1. A:這是書嗎?　B:這不是書。

A:책이입니까?(用:아니다)

B:→(　　　　　　　　　　　　　　)

2. A:這個辣嗎?　B:這個不辣。

A:이것은 맵습니까?(用:지 않다)

B:(　　　　　　　　　　　　　　)

3. A:吃肉嗎?　B:不吃肉。

A:고기는 먹어요?(用:안+動詞)

B:(　　　　　　　　　　　　　　)

4. A:現在忙嗎?　B:現在不忙。

A:지금 바빠요?(用:안+形容詞)

B:(　　　　　　　　　　　　　　)

5. A:去韓國嗎?　B:不去韓國。

A:한국에 가요?(用:지 않다)

B:(　　　　　　　　　　　　　　)

答
案
1. 책이아닙니다.　　　4. 지금 안 바빠요.
2. 이것은 맵지 않습니다.　5. 한국에 가지 않아요.
3. 고기는 안 먹어요.

STEP 7 指示代名詞

韓流天王即將來台會粉絲，為了要和韓星近身接觸擊掌，一定要大喊：「歐巴！這裡！」。這個「這裡」就是指示代名詞了。這一回我們就來介紹一下指示代名詞吧！

學習重點及關鍵文法

★ 이 [i]：指離說話者近的人事物
★ 그 [geu]：指離聽話者近的人事物
★ 저 [jeo]：指離說話者跟聽話者都遠的人事物
★ 어느 [eo.neu]：指範圍不確定的人事物

先記住這些單字喔！

Track 29

| jo.a.ha.da
좋아하다
秋.阿.哈.打
喜歡 | geon.mul
건물
滾.母
建築物 | hak.gyo
학교
哈.叫
校舍 | yo.ri
요리
喲.里
料理 |

ko.seu
코스
庫.思
套餐

| ppang
빵
幫
麵包 | sa.gwa
사과
莎.瓜
蘋果 | sin.bal
신발
心.拔
鞋子 | eol.ma
얼마
偶而.馬
多少（錢） |

no.teu
노트
喔.特
筆記本

| pyeo.ni.jeom
편의점
騙.妮.窮
便利商店 | u.che.guk
우체국
無.切.哭
郵局 | hwa.jang.sil
화장실
化.張.吸
廁所 |

rule 1 指示代名詞

　　韓語的指示代名詞，就從「이 [i]（這），그 [geu]（那），저 [jeo]（那），어느 [eo.neu]（哪）」學起吧！

	代名詞	連體詞	事物	場所
近	이 [i] 這（離自己近）	이사람 [i.sa.ram] 這位	것 [geot] 這個	여기 [yeo.gi] 這裡
中	그 [geu] 那（離對方近）	그사람 [geu.sa.ram] 那位	그것 [geu.geot] 那個	거기 [geo.gi] 那裡
遠	저 [jeo] 那（離雙方遠）	저사람 [jeo.sa.ram] 那位	저것 [jeo.geot] 那個	저기 [jeo.gi] 那裡
未知	어느 [eo.neu] 哪（疑問）	어느분 [eo.neu.bun] 哪位	어느것 [eo.neu.geot] 哪個	어디 [eo.di] 哪裡

　　이 [i] 前接名詞，指離說話者近的人事物。

　　그 [geu] 前接名詞，從說話一方來看，指離聽話者近的人事物。

　　저 [jeo] 前接名詞，指離說話者跟聽話者都遠的人事物。

　　어느 [eo.neu] 前接名詞，指範圍不確定的人事物。

這位是誰呢？

這	位	×	誰	是	呢
i	bu	ni	nu.gu	im.ni	kka

例句▶ 이　분　이　누구　입니　까 ?

衣　樸　妮　努.姑　因.妮　嘎

（我）喜歡那個。

那個	×	喜歡
geu.geo	seur	jo.a.ham.ni.da

例句▶ 그것　을　좋아합니다 .

古.勾　思　兒秋.阿.哈母.妮.打

那棟建築物是我們的校舍。

那棟	建築物	×	我們	校舍	是
jeo	geon.mu	ri	u.ri	hak.ggyo	im.ni.da

例句▶ 저　건물　이　우리　학교　입니다 .

走　滾.木　里　無.里　哈.叫　因.妮.打

這裡是哪裡呢？

這裡	×	哪裡	是	呢
yeo.gi	neun	eo.di	im.ni	kka

例句▶ 여기　는　어디　입니　까 ?

有.給　能　喔.低　因.妮　嘎

● rule 2 　指示連體詞

「이 [i]（這）, 그 [geu]（那）, 저 [jeo]（那）, 어느 [eo.neu]（哪）」像連體嬰後面必須要接名詞，不能單獨使用，所以又叫指示連體詞。韓國人在喊別人時，也會用「저 [jeo] ～」（喂～），一邊思考一邊說話的，也會說「그 [geu] ～」（嗯～）。

喜歡這道料理。

這道	料理	✕	喜歡
i	yo.ri	neun	jo.ha.ham.ni.da

例句▶ 이　요리　는　좋아합니다 ．

衣　嗽.里　能　秋.哈.哈母.妮.打

那份套餐多少錢？

那份	套餐	✕	多少錢
geu	ko.seu	neun	eol.ma.ye.yo

例句▶ 그　코스　는　얼마예요 ？

古　庫.思　能　偶而.馬.也.喲

那雙鞋多少錢？

那雙	鞋	✕	多少錢
jeo	sin.ba	reun	eol.ma.ye.yo

例句▶ 저　신발　은　얼마예요 ？

走　心.爬　輪恩　偶而.馬.也.喲

喜歡哪本書呢？

哪本	書	✕	喜歡	呢
eo.neu	chae	geur	joh.a.ham.ni	kka

例句▶ 어느　책　을　좋아합니　까 ？

喔.呢　切　古兒　秋.哈.哈母.妮　嘎

● rule **3**　事物指示代名詞　**32**

　　將「이 [i]、그 [geu]、저 [jeo]、어느 [eo.neu]」加上表示事物的「것 [geot]」就成為事物指示代名詞「이것 [i.geot]、그것 [geu.geot]、저것 [jeo.geot]、어느것 [eo.neu.geot]」，來指示事物。

這是蘋果。

這	×	蘋果	是

i.geo	seun	sa.gwa	im.ni.da

例句▶ **이것　은　사과　입니다　.**

衣.勾　順　莎.瓜　因.妮.打

那很貴嗎？

那	×	很貴嗎？

geu.geo	seun	bi.ssa.yo

例句▶ **그것　은　비싸요　?**

古.勾　順　比.撒.喲

那不是麵包。

那	×	麵包	×	不是

jeo.geo	seun	ppang	i	a.ni.ye.yo

例句▶ **저것　은　빵　이　아니예요　.**

走.勾　順　幫　衣　阿.妮.也.喲

筆記本是哪個？

筆記本	×	哪個	是	?

no.teu	neun	eo.neu.geo	sim.ni	kka

例句▶ **노트　는　어느것　입니　까　?**

奴.特　能　喔.呢.勾　心.妮　嘎

rule 4 場所指示代名詞

場所指示代名詞，有些不一樣，如「여기 [yeo.gi]、거기 [geo.gi]、저기 [jeo.gi]、어디 [eo.di]」。

哥哥！（看）這裡！

哥哥	這裡
o.ppa	yeo.gi.yo

例句▶ 오빠 ~ 여기요 ！
歐.巴　　有.給.喲

這裡是首爾。

這裡	×	首爾	是
yeo.gi	neun	seo.u	rim.ni.da

例句▶ 여기 는 서울 입니다 .
有.給　能　瘦.無　林.妮.打

那裡是便利商店。

那裡	×	便利商店	是
geo.gi	neun	pyeo.ni.jeo	mi.ye.yo

例句▶ 거기 는 편의점 이예요 .
勾.給　能　騙.妮.走　迷.也.喲

那裡是郵局。

那裡	×	郵局	是
jeo.gi	neun	u.che.gu	gi.e.yo

例句▶ 저기 는 우체국 이에요 .
走.給　能　無.切.姑　給.也.喲

廁所在哪裡？

廁所	×	哪裡	在	呢
hwa.jang.si	reun	eo.di	im.ni	kka

例句▶ 화장실 은 어디 입니 까 ?
化.張.細　輪恩　喔.低　因.妮　嘎

練習 Practice 　請從下面的語群中，選出指示代名詞，填入（ ）完成韓語句子。

1. 那本書是教科書嗎？

（　　　　　）책은 교과서입니까 ?

2. 這叫什麼魚？

（　　　　　）생선은 뭐예요 ?

3. 那是 500 韓元。

（　　　　　）은 500 원입니다 .

4. 那是誰的？

（　　　　　）은 누구 것입니까 ?

5. 這裡是學校。

（　　　　　）는 학교입니다 .

6. 那裡是車站。

（　　　　　）가 역입니다 .

語群

그것 ,　저기 ,　그 ,　저것 ,　여기 ,　이

答案

1. 그 책은 교과서입니까 ?　　4. 저것은 누구 것입니까 ?
2. 이 생선은 뭐예요 ?　　　　5. 여기는 학교입니다 .
3. 그것은 500 원입니다 .　　 6. 저기가 역입니다 .

STEP

8 存在詞

這一回我們來介紹韓語的存在詞。存在詞就是表示有某人事物或是沒有某人事物的詞。

學習重點及關鍵文法

★ 在、有：名詞＋助詞＋있다 [it.da]
　（助詞指：이 [i]、가 [ga]、는 [neun]、은 [eun] 等）
★ 不在、沒有：名詞＋助詞＋없다 [eop.da]
　（助詞指：이 [i]、가 [ga]、는 [neun]、은 [eun] 等）

先記住這些單字喔！

Track 34

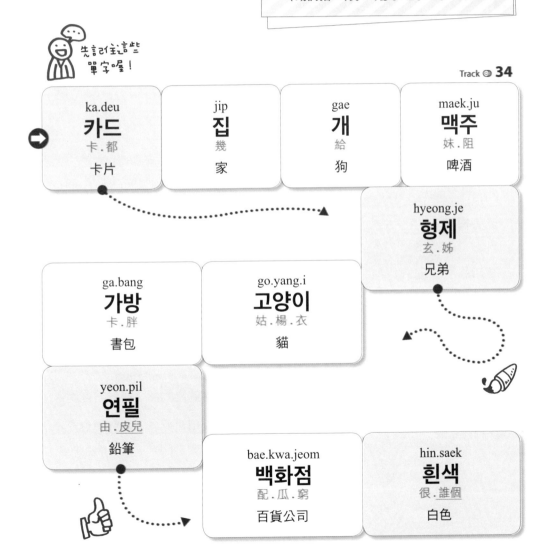

ka.deu
카드
卡.都
卡片

jip
집
幾
家

gae
개
給
狗

maek.ju
맥주
妹.阻
啤酒

hyeong.je
형제
玄.姊
兄弟

ga.bang
가방
卡.胖
書包

go.yang.i
고양이
姑.楊.衣
貓

yeon.pil
연필
由.皮兒
鉛筆

bae.kwa.jeom
백화점
配.瓜.窮
百貨公司

hin.saek
흰색
很.誰個
白色

● rule 1　있다 [it.da]（有）：表示有某人事物存在

表示有某人事物存在，韓語用「있다 [it.da]」。禮貌並尊敬的說法是「있습니다 [it.seum.ni.da]」，客氣但不是正式的說法是「있어요 [i.sseo.yo]」。

這裡有。

這裡	有

yeo.gi　　it.seum.ni.da

例句▶ **여기**　　**있습니다** .
有.給　　乙.師母.妮.打

有卡片。

卡片	有

ka.deu　　i.sseo.yo

例句▶ **카드**　　**있어요** .
卡.都　　衣.手.喲

家裡有狗。

家	在	狗	×	有

ji　　be　　gae　　ga　　it.da

例句▶ **집**　**에**　**개**　**가**　**있다** .
吉　杯　給　卡　乙.打

那麼，我們來看看在句子裡要怎麼活用呢？

原形	極尊敬	尊敬	極尊敬的疑問形	尊敬的疑問形
있다 [it.da]	있습니다 [it.seum.ni.da]	있어요 [i.sseo.yo]	있습니까？ [it.seum.ni.kka]	있어요？ [i.sseo.yo]
有	有	有	有嗎？	有嗎？

有啤酒。

啤酒	×	有
maek.ju	ga	it.seum.ni.da
맥주	가	있습니다 .
妹.阻	卡	乙.師母.妮.打

有兄弟。

兄弟	×	有
hyeong.je	ga	it.seum.ni.da
형제	가	있습니다 .
玄.姊	卡	乙.師母.妮.打

家裡有貓。

家裡	在	貓	×	有
ji	be	go.yang.i	ga	i.sseo.y
집	에	고양이	가	있어요 .
吉	杯	姑.楊.衣	卡	衣.手.喲

有便利商店嗎？

便利商店	×	有	嗎
pyeo.ni.jeo	mi	it.seum.ni	kka
편의점	이	있습니	까 ?
騙.妮.走	迷	乙.師母.妮	嘎

也有狗嗎？

狗	也	有嗎
gae	do	i.sseo.yo
개	도	있어요 ?
給	土	衣.手.喲

rule 2　없다 [eop.da]（沒有）：表示沒有某人事物的存在

表示沒有某人事物的存在，韓語用「없다 [eop.da]」。禮貌並尊敬的說法是「없습니다 [eop.seum.ni.da]」，客氣但不是正式的說法是「없어요 [eop.seo.yo]」。

沒有學生。

學生	×	沒有
hak.saeng	i	eop.seum.ni.da

例句▶ 학생　이　없습니다　.
哈.先　衣　歐不.師母.妮.打

書包裡沒有書。

書包	在	書	×	沒有
ga.bang	e	chae	gi	eop.seo.yo

例句▶ 가방　에　책　이　없어요　.
卡.胖　也　切　給　歐不.瘦.喲

這裡沒有鉛筆。

這裡	在	鉛筆	×	沒有
yeo.gi	e	yeon.pi	ri	eop.da

例句▶ 여기　에　연필　이　없다　.
有.給　也　由.匹　里　歐不.打

沒有人在。

誰	也	不在
a.mu	do	eop.seum.ni.da

例句▶ 아무　도　없습니다　.
有.給　也　歐不.師母.妮.打

什麼也沒有。

什麼	也	沒有
a.mu.geot	do	eop.seum.ni.da

例句▶ 아무것　도　없습니다　.
阿.木.勾　土　歐不.師母.妮.打

> 經常跟없다 [eop.da]（沒有）一起用的單字「아무도 [a.mu.do]」（誰也）、「아무것도 [a.mu.geot.do]」（什麼也）、「하나도 [ha.na.do]」（一個也）等，也一並記下來吧！

那麼，我們來看看在句子裡要怎麼活用呢？

原形	極尊敬	尊敬	極尊敬的疑問形	尊敬的疑問形
없다 [eop.da]	없습니다 [eop.seum.ni.da]	없어요 [eop.seo.yo]	없습니까？ [eop.seum.ni.kka]	없어요？ [eop.seo.yo]
沒有	沒有	沒有	沒有嗎？	沒有嗎？

沒有百貨公司。

百貨公司	×		沒有
bae.kwa.jeo	mi		eop.seum.ni.da
백화점 配.瓜.走	**이** 迷		**없습니다** 歐不.師母.妮.打

例句▶

.

沒有朋友嗎？

朋友	×	沒有	嗎
chin.gu	ga	eop.seum.ni	kka
친구 親.姑	**가** 卡	**없습니** 歐不.師母.妮	**까** 嘎

例句▶ ？

沒有白色的。

白色的	×	沒有嗎
hin.sae	geun	eop.seo.yo
흰색 很.誰	**은** 滾	**없어요** 歐不.瘦.喲

例句▶ ？

沒有記憶嗎？

記憶	×	沒有	嗎
gi.eo	gi	eop.seum.ni	kka
기억 給.喔	**이** 給	**없습니** 歐不.師母.妮	**까** 嘎

例句▶ ？

練習 Practice 請從下面的語群中,選出存在詞,填入( )完成韓語句子。可以重複選兩次。

1. 這裡有鉛筆。

여기에 연필이 (   ) .

2. 那裡有汽車嗎?

저기에 자동차가 (   ) .

3. 有學生嗎?

학생이 (   ) ?

4. 沒有綠茶。

녹차는 (   ) .

5. 這裡沒有百貨公司嗎?

여기에는 백화점이 (   ) .

6. 一個也沒有嗎?

하나도 (   ) ?

 語群

있습니 다 , 있습니까 , 없습니다 , 없습니까

答案

1. 여기에 연필이 있습니 다 .
2. 저기에 자동차가 있습니까 ?
3. 학생이 있습니까 ?
4. 녹차는 없습니다 .
5. 여기에는 백화점이 없습니까 ?
6. 하나도 없습니까 ?

STEP 9 助詞 2

　　專程飛到韓國看演唱會的人一定不少吧！到了韓國，跟韓國人說「我從台灣來的」，這裡的「從～」就是這一回我們要介紹的助詞。韓語跟日語一樣，主詞或受詞等後面都要加一個像小婢女一樣的助詞。

先記住這些單字喔！

Track 37

yu.won.ji **유원지** 友.旺.吉 遊樂園	non.da **논다** 農.打 遊玩	do.seo.gwan **도서관** 土.瘦.光 圖書館	chul.bal **출발** 糗.拔 出發

na.ra
나라
那.郎
國家

u.yu **우유** 無.友 牛奶	cha **차** 擦 茶	son **손** 鬆 手	sseu.da **쓰다** 射.打 書寫

yak
약
牙
藥品

keop **컵** 摳撲 玻璃杯	ma.sit.da **맛있다** 馬.西.打 好吃	bu.san **부산** 樸.三 釜山

rule 1 에 [e], 에게 [e.ge], 한테 [han.te]（給～，去～）：表示對象

38

　　表示動作、作用的對象或方向，有助詞「에 [e], 에게 [e.ge], 한테 [han.te]」，可以分為對象是物品用「에 [e]」；對象是有生命的人或動物用「에게 [e.ge], 한테 [han.te]」，會話時大多用「한테 [han.te]」。不會因為前接詞的結尾是子音或母音而產生變化。相當於中文的「給～，去～，往～」。

去首爾。

首爾	往	去

seo.u	re	gam.ni.da
例句▶ 서울	에	갑니다 .
瘦.無	淚	卡母.妮.打

給我

我	給

na	e.ge
例句▶ 나	에게
那	也.給

rule 2 에서 [e.seo]（在某處～）：表示場所

39

　　「에서 [e.seo]」表示動作進行的場所。「에서 [e.seo]」不會因為前接詞的結尾是子音或母音而產生變化。相當於中文的「在某處～」。

在遊樂園遊玩。

遊樂園	在	遊玩

yu.won.ji	e.seo	no.rat.seum.ni.da
例句▶ 유원지	에서	놀았습니다 .
友.旺.吉	也.瘦	喔.啦特.師母.妮.打

在圖書館讀書。

圖書館	在	讀書

do.seo.gwa	ne.seo	gong.bu.hae.yo
例句▶ 도서관	에서	공부해요 .
土.瘦.瓜	內.瘦	工.樸.黑.喲

● 에서 [e.seo] 也表示場所

「에서 [e.seo]」也表示動作的起點。相當於中文的「從～」。

從東京出發。

東京	從	出發
do.kyo	e.seo	chul.bal.ham.ni.da
例句▶ 도쿄	에서	출발합니다 .
土.給優	也.瘦	糗.拔.哈母.妮.打

來自哪個國家呢？

哪個	國家	自	來呢
eo.neu	na.ra	e.seo	wa.sseo.yo
例句▶ 어느	나라	에서	왔어요 ?
喔.呢	那.郎	也.瘦	娃.手.喲

---

rule 3　로 [ro], 으로 [eu.ro]（以～，用～，搭～）：表示手段

Track ◎
40

「로 [ro], 으로 [eu.ro]」是表示行動的手段和方法。相當於中文的「以～，用～，搭～」。

基本句型 ▸
母音結尾的名詞＋로 [ro]

子音結尾的名詞＋으로 [eu.ro]

從台灣坐飛機來的。

台灣	從	飛機	坐	來的
dae.ma	ne.seo	bi.haeng.gi	ro	wa.sseo.yo
例句▶ 대만	에서	비행기	로	왔어요 .
貼.馬	內.瘦	比.狠.給	樓	娃.手.喲

用手寫。

手	用	寫
so	neu.ro	sseum.ni.da

例句▶ 손 으로 씁니다 .

嫂　呢.樓　順.妮.打

● rule **4** 와 [wa], 과 [gwa]（和～，跟～，同～）：表示並列

「와 [wa], 과 [gwa]」表示連接兩個同類名詞的並列助詞。相當於中文的「和～，跟～，同～」。

> 母音結尾的名詞＋와 [wa]
>
> 子音結尾的名詞＋과 [gwa]

茶跟牛奶

茶	跟	牛奶
cha	wa	u.yu

例句▶ 차 와 우유

擦　娃　無.友

藥品跟玻璃杯

藥品	跟	玻璃杯
yak	gwa	keop

例句▶ 약 과 컵

牙　瓜　摳撲

● rule **5** 도 [do]（也～，還～）：表示包含

「도 [do]」是表示包含關係的助詞，表示兩個以上的事物或狀況。「도 [do]」不會因為前接詞的結尾是子音或母音而產生變化。相當於中文的「也～，還～」。

我也是學生。

我	也		學生	是
na	do		hak.saeng	i.e.yo
나	**도**		**학생**	**이에요** .
那	土		哈.先	衣.也.喲

例句▶

這個也好吃。

這個	也	好吃
i.geot	do	ma.si.sseo.yo
이것	**도**	**맛있어요** .
衣.勾	土	馬.細.手.喲

例句▶

Track ◎

● rule 6 　부터 [bu.teo] ～까지 [kka.ji] ～（從～到～）：表
示時間的起點跟終點　　　　　　　　　　43

　　表示時間的起點跟終點用「～부터 [bu.teo] ～까지 [kka.ji]」，如果要表示場所的起
點跟終點用「～에서 [e.seo] ～까지 [kka.ji]」。

上課從 10 點到 11 點。

10 點	從	11 點	到	上課
yeor.si	bu.teo	yeol.han.si	kka.ji	su.eo.bim.ni.da
열시	**부터**	**열한시**	**까지**	**수업입니다** .
優兒.細	樸.拖	又.韓.細	嘎.吉	樹.喔.冰.妮.打

例句▶

開車從首爾到釜山。

首爾	從	釜山	到	開車
seo.u	re.seo	bu.san	kka.ji	un.jeon.ham.ni.da
서울	**에서**	**부산**	**까지**	**운전합니다** .
瘦.無	淚.瘦	樸.三	嘎.吉	恩.怎.哈母.妮.打

例句▶

練習 Practice

請從下面的語群中，選出存在詞，填入（　）完成韓語句子。
可以重複選兩次。

1. 給台灣打電話。

대만 (　　　　) 전화 해요 .

2. 在市場買東西。

시장 (　　　　) 샀어요 .

3. 用電子郵件回信。

메일 (　　　　) 답장을 했습니다 .

4. 錢跟錢包弄丟了。

돈 (　　　　) 지갑을 잃어버렸습니다 .

5. 從首爾開車到釜山。

서울 (　　　　) 부산 (　　　　) 운전 합니다 .

語群

과 , 로 , 에 , 까지 , 에서

答案

1. 대만에 전화 해요 .　　　　4. 돈과 지갑을 잃어버렸습니다 .
2. 시장에서 샀어요 .　　　　5. 서울에서 부산까지 운전합니다 .
3. 메일로 답장을 했습니다 .

Part 3

打好韓語基礎

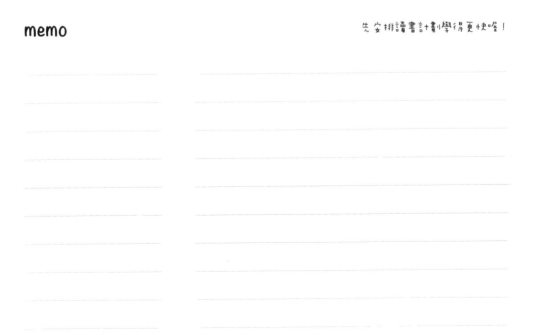

memo

先安排讀書計劃學得更快喔！

1

名詞‧動詞‧形容詞 的過去式

終於來到過去式了，表示過去的經驗的，例如：「那齣韓劇太棒啦！」要怎麼說呢？這一回我們就來介紹韓語名詞‧動詞‧形容詞的過去式，其實很簡單的哦！

學習重點及關鍵文法
★ 名詞：注意前接詞的結尾
★ 名詞：表示過去的였다 [yeot.da]/이었다 [i.eot.da]
★ 動詞‧形容詞：重點在陽母音‧陰母音
★ 動詞‧形容詞：表示過去的았 [at]／었 [eot]

 先記住這些單字喔！

Track 44

seon.su **선수** 松.樹 選手	saeng.il **생일** 先.憶兒 生日	al.da **알다** 愛.打 知道
		meok.da **먹다** 摸.姑.打 吃
chup.da **춥다** 抽譜.打 寒冷的	sseu.da **쓰다** 射.打 寫	
deu.ra.ma **드라마** 都.郎.馬 連續劇	geu.ttae **그때** 古.爹 那時候	taek.si **택시** 特.細 計程車
		gong.hang **공항** 工.航 機場

88

rule 1 名詞的過去式

　　名詞的過去式，會根據前接詞的結尾是子音或母音而產生變化。原形是「였다 [yeot. tta] ／이었다 [i.eot.tta]」，禮貌並尊敬的說法是「였습니다 [yeot.sseum.ni.da] ／이었습니다 [i.eot.seum.ni.da]」，客氣但不是正式的說法是「였어요 [yeo.sseo.yo] ／이었어요 [i.eo.sseo. yo]」，隨便的說法是「였어 [yeo.sseo] ／이었어 [i.eo.sseo]」。相當於中文的「（過去）是～；（曾經）是～」。

基本句型
> 母音結尾的名詞＋였다 [yeot.tta]
> 子音結尾的名詞＋이었다 [i.eot.tta]

例句：

▶ 曾經是選手。

seon.s u　　　　　seon.s u　　yeot.d a　　　seon.s u.yeot.d a
선 수（選手）→ 선 수＋였다 .＝ 선수였다 .

▶ 「那天」是生日。

saeng.i r　　　　　saeng.i r　　i .eot.d a　　saeng. i . ri .eot.d a
생 일（生日）→ 생 일＋이었다 .＝ 생일이었다 .

昨天生日。

昨天	×	生日	過
eo.je	ga	saeng.i	ri.eot.da
어제	**가**	**생일**	**이었다**
喔.姊	卡	先.衣	里.歐特.打

例句 ▶

那時候，我不是學生。

那時候	我	學生	×	不是
geu.ttae	nan	hak.saeng	i	a.ni.eo.sseo.yo
그때	**난**	**학생**	**이**	**아니었어요**
古.爹	難	哈.先	衣	阿.妮.喔.手.喲

例句 ▶

以上面的例子來作「합니다體、해요體、半語體」的話，變化如下：

	합니다體	해요體	半語體
선수 [seon.su] （選手）	선수였습니다 . [seon.su.yeot.seum.ni.da]	선수였어요 . [seon.su.yeo.sseo.yo]	선수였어 . [seon.su.yeo.sseo]
생일 [saeng.ir] （生日）	생일이었습니다 . [saeng.i.ri.eot.seum.ni.da]	생일이었어요 . [saeng.i.ri.eo.sseo.yo]	생일이었어 . [saeng.i.ri.eo.sseo]

Track
46

rule 2　動詞‧形容詞的過去式

動詞‧形容詞的過去式要怎麼活用呢？那就看語幹的母音是陽母音，還是陰母音來決定了。只要記住陽母音就接「았 [at]」（裡面有「ㅏ」也是陽母音），陰母音就接「었 [eot]」（裡面有「ㅓ」是陰母音），就簡單啦！

基本句型
語幹是陽母音＋았다 [at.tta]
語幹是陰母音＋었다 [eot.tta]

例句：

▶ 知道了。

알다（知道）→ 알（ㅏ是陽母音）→ 알 + 았다 = 알 았다 .
al.da / ar / ar / at.da / a rat.da

▶ 吃了。

먹 다（吃）→ 먹（ㅓ是陰母音）→ 먹 + 었다 = 먹 었다 .
meok.dda / meog / meog / geot.da / meog.eot.da

▶ 寫了。

쓰 다（寫）→ 쓰（ㅡ是陰母音）→ 쓰 + 었다 = 쓰었다（省略為 썼 다）
sseu.da / sseu / sseu / eot.da / sseu.eot.da / sseot.da

▶ 正確了。

옳다（正確的）→ 옳（ㅗ是陽母音）→ 옳 + 았다 = 옳았다 .
ol.da / ol / ol / at.da / o.lat.da

■（過去）寒冷。

_{chup.d a} _{chub} _{chub　eot.d a} _{chu.wot.d a}
춥 다（寒冷的）→춥（ㅜ是陰母音）→춥＋었다 ＝ 추웠다 ．

買了土產。

土產	✕	買了
seon.mu	reur	sat.seum.ni.da

例句▶ 선물 을 샀습니다 ．
　　　松.木　路　殺特.師母.妮.打

坐計程車去了機場。

機場	到	計程車	坐	去了
gong.hang	kka.ji	taek.si	ro	ga.sseo.yo

例句▶ 공항 까지 택시 로 갔어요 ．
　　　工.航　嘎.吉　特.細　樓　卡.手.喲

連續劇太棒啦！

連續劇	✕	太棒啦
deu.ra.ma	ga	hul.lyung.hae.sseo.yo

例句▶ 드라마 가 훌륭했어요 ！
　　　都.郎.馬　卡　呼兒.流.黑.手.喲

以上面的例子來作「합니다體、해요體、半語體」的話，變化如下：

	합니다體	해요體	半語體
알았다 [ar.at.da]（知道） ➡	알았습니다 . [a.rat.seum.ni.da]	알았어요 . [a.ra.sseo.yo]	알았어 . [a.ra.sseo]
먹었다 [meog.eot.dda]（吃） ➡	먹었습니다 . [meo.geot.seum.ni.da]	먹었어요 . [meo.geo.sseo.yo]	먹었어 . [meo.geo.sseo]
썼다 [sseot.da]（寫） ➡	썼습니다 . [sseot.seum.ni.da]	썼어요 . [sseo.sseo.yo]	썼어 . [sseo.sseo]

練習
Practice

 ❶ 下面的單字，請改成過去式的原形。

1. 昨天

어제 → (　　　　　　)

2. 學生

학생 → (　　　　　　)

3. 去

가다 → (　　　　　　)

4. 來

오다 → (　　　　　　)

5. 好的

좋다 → (　　　　　　)

❷ 下面的單字，請改成해요體跟半語體。

1. 看 →해요體→半語體

봤습니다 → (　　　　　　) → (　　　　　　)

2. 活的 →해요體→半語體

살았습니다 → (　　　　　　) → (　　　　　　)

答案	❶	1. 어제였다　4. 왔다	❷	1. 봤어요→봤어
		2. 학생이었다　5. 좋았다		2. 살았어요→살았어
		3. 갔다		

STEP 2　疑問代名詞

看到自己喜歡的偶像，在舞台上努力帶給大家前所未見的視覺與聽覺享受，見面會的時候，一定有很多問題要問的吧！譬如：「初戀是什麼時候？」的疑問代名詞「什麼時候」。這一回我們來介紹一下韓語 5W1H 的疑問代名詞。

> 學習重點及關鍵文法
> ★ 언제 [eon.je] ＝什麼時候（when）
> ★ 어디 [eo.di] ＝哪裡（where）
> ★ 누구 [nu.gu] ＝誰（who）
> ★ 무엇 [mu.eot] ＝什麼（what）
> ★ 왜 [wae] ＝為什麼（why）
> ★ 어떻게 [eo.tteo.ke] ＝怎麼（how）

先記住這些單字喔！

Track ◎ **47**

saeng.il 생일 先.憶兒 生日	yeong.hwa.gwan 영화관 用.化.光 電影院	nu.gu 누구 努.姑 誰

		jeo 저 走 那位

meok.da 먹다 摸.姑.打 吃	yeo.seong 여성 有.松 女性	

o.da 오다 喔.打 來	jo.a.hae 좋아해 秋.阿.黑 喜歡	mal.ha.da 말하다 馬.哈.打 說

rule 1　언제 [eon.je] ＝什麼時候

Track 48

相當於英文的「when」。表示不確定時間的疑問代名詞。

初戀是什麼時候呢？

初戀	✕	什麼時候	是呢
cheot.sa.rang	eun	eon.je	ye.yo

例句▶　**첫사랑　은　언제　예요**　？

秋.莎.郎　運　恩.姊　也.喲

生日是什麼時候？

生日	✕	什麼時候	是	呢
saeng.i	reun	eon.je	im.ni	kka

例句▶　**생일　은　언제　입니　까**　？

先.衣　輪恩　恩.姊　因.妮　嘎

rule 2　어디 [eo.di] ＝哪裡

Track 49

相當於英文的「where」。這是詢問場所的疑問代名詞。禮貌並尊敬的說法是「어디 [eo.di] ＋입니까？ [im.ni.kka]」，客氣但不是正式的說法是「어디 [eo.di] ＋예요 [ye.yo]？」

在哪裡呢？

哪裡	在呢
eo.di	ye.yo

例句▶　**어디　예요**　？

喔.低　也.喲

電影院在哪裡呢？

電影院	✕	哪裡	在	呢
yeong.hwa.gwa	neun	eo.di	im.ni	kka

例句▶　**영화관　은　어디　입니　까**　？

用.化.瓜　能　喔.低　因.妮　嘎

Track ◉

rule 3　누구 [nu.gu] ＝誰

50

相當於英文的「who」。這是詢問人的疑問代名詞。如果用「～是誰呢？」這個句型的話，前面的助詞是「母音結尾＋는 [neun]; 子音結尾＋은 [eun]」。

是誰呢？

誰	是呢
nu.gu.	se.yo

例句▶　누구　세요　？
　　　　努.姑.　誰.喲

那位女性是誰呢？

那位	女性	×	誰	是	呢
jeo	yeo.seong	eun	nu.gu	im.ni	kka

例句▶　저　　여성　은　누구　입니　까　？
　　　　走　　有.松　運　努.姑　因.妮　嘎

Track ◉

rule 4　무엇 [mu.eot]= 什麼

51

相當於英文的「what」。這是詢問某事物的疑問代名詞。「무엇 [mu.eot]」代替名稱或情況不明瞭的事物。

是什麼呢？

什麼	是	呢
mu.eo	sim.ni	kka

例句▶　무엇　입니　까　？
　　　　木.喔　心.妮　嘎

吃什麼呢？

什麼	×	吃呢
mu.eo	seur	meo.geo.yo

例句▶　무엇　을　먹어요　？
　　　　木.喔　思兒　末.勾.喲

● rule **5**　왜 [wae] ＝為什麼

相當於英文的「why」。用在問句中，來詢問理由的疑問代名詞。

為什麼不來呢？

為什麼	不	來呢
wae	an	wa.yo

例句▶ 왜　　안　　와요 ？
　　　　　為　　安　　娃.喲

為什麼喜歡呢？

為什麼	喜歡	呢
wae	jo.a.ham.ni	kka

例句▶ 왜　　좋아합니　까 ？
　　　　　為　　秋.阿.哈母.妮　嘎

● rule **6**　어떻게 [eo.tteo.ke] ＝怎麼

相當於英文的「how」。用在問句中，詢問用什麼方法、怎麼做疑問代名詞。

韓國要怎麼去呢？

韓國	×	怎麼	去	呢
han.gu	geun	eo.tteo.ke	gam.ni	kka

例句▶ 한국　은　어떻게　갑니　까 ？
　　　　　韓.姑　滾　喔.豆.客　卡母.妮　嘎

要怎麼說呢？

怎麼	說呢
eo.tteo.ke	mal.hae.yo

例句▶ 어떻게　말해요 ？
　　　　　喔.豆.客　馬.黑.喲

練習 Practice

請從下面的語群中，選出存在詞，填入（ ）完成韓語句子。

1. 什麼時候去看電影？

（　　　　）영화를 봅니까 ?

2. 去哪裡呢？

（　　　　）가세요 ?

3. 看到誰了？

（　　　　）를 봤습니까 ?

4. 有什麼事（東西）嗎？

（　　　　）가 있습니까 ?

5. 為什麼喜歡他呢？

（　　　　）그를 좋아합니까 ?

6. 怎麼去呢？

（　　　　）갑니까 ?

 語群

왜 , 어떻게 , 누구 , 뭐 , 어디 , 언제

答案

1. 언제 영화를 봅니까 ?　　　4. 뭐가 있습니까 ?

2. 어디 가세요 ?　　　　　　5. 왜 그를 좋아합니까 ?

3. 누구를 봤습니까 ?　　　　6. 어떻게 갑니까 ?

STEP

3

單純的尊敬語

這一回我們來看尊敬語。韓國深受儒家思想的影響，非常重視敬老尊賢的。但是，韓語的尊敬語跟日語比起來，單純多了。

學習重點及關鍵文法

★ 「ㅅ」是作尊敬語的主角
★ 語幹＋（으）십니다 [(eu). sim.ni.da] ＝ 您做～／您是～

先記住這些單字喔！

Track ◎ **54**

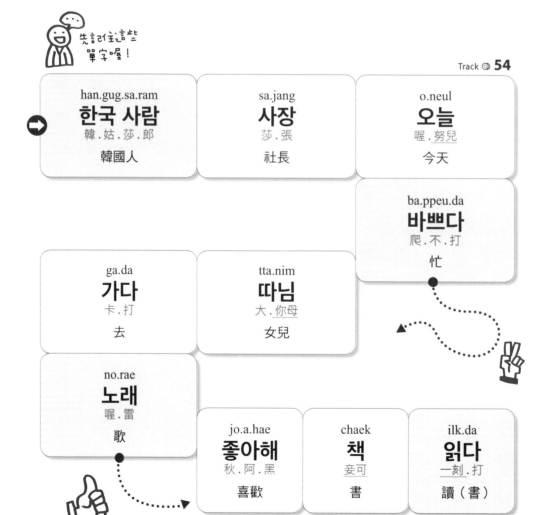

han.gug.sa.ram
한국 사람
韓．姑．莎．郎
韓國人

sa.jang
사장
莎．張
社長

o.neul
오늘
喔．努兒
今天

ba.ppeu.da
바쁘다
爬．不．打
忙

ga.da
가다
卡．打
去

tta.nim
따님
大．你母
女兒

no.rae
노래
喔．雷
歌

jo.a.hae
좋아해
秋．阿．黑
喜歡

chaek
책
妾可
書

ilk.da
읽다
一刻．打
讀（書）

rule 1 名詞的尊敬語

55

那麼我們從「是韓國人」改成「您是韓國人」。

是韓國人。

韓國	人	是
han.gug	sa.ra	mi.da

例句▶

한국	사람	이다	.
韓.姑	莎.郎	迷.打	

➡

您是韓國人。

韓國	人	您是
han.gug	sa.ra	mi.si.da

한국	사람	이시다	.
韓.姑	莎.郎	迷.細.打	

去掉語尾的「다 [da]」就是語幹啦！尊敬語的作法是「語幹＋시 [si] ＋다 [da]」只加入「시 [si]」在語幹結尾的「이 [i]」跟「다 [da]」之間就成為尊敬語了。但這樣還不行，我們要用在會話上。回想一下禮貌並尊敬的說法的「是～」的說法，是那一個呢？「ㅂ니다 [b.ni.da]」，對了！我們來加上去看看。

您是韓國人。

韓國	人	您是
han.gug	sa.ra	mi.si.da

例句▶

한국	사람	이시다	.
韓.姑	莎.郎	迷.細.打	

➡

您是韓國人。

韓國	人	您是
han.gug	sa.ra	mi.sim.ni.da

한국	사람	이십니다	.
韓.姑	莎.郎	迷.心.妮.打	

客氣但不是正式的說法的「해요體 [hae.yo]」的「요 [yo]」，如果加上去會怎麼樣呢？在活用上一般是「시 [si] ＋어요 [eo.yo] ＝셔요 [syeo.yo]」，但是一般大都用「세요 [se.yo]」。

您是韓國人。

韓國	人	您是
han.gug	sa.ra	mi.se.yo

例句▶

한국	사람	이세요	.
韓.姑	莎.郎	迷.誰.喲	

rule 2　形容詞的尊敬語

那麼我們從「漂亮」改成「您很漂亮」。

漂亮。　　　　　您很漂亮。

`漂亮`　　　　　　`您很漂亮`

ye.ppeu.da　　　　ye.ppeu.si.da

例句▶ **예쁘다** . ➡ **예쁘시다** .
　　　也.不.打　　　　也.不.細.打

去掉語尾的「다 [da]」就是語幹啦！尊敬語的作法是「語幹＋시 [si]＋다 [da]」只加入「(으)시 [(eu).si]」在語幹結尾的「쁘 [ppeu]」跟「다 [da]」之間就成為尊敬語了。但這樣還不行，我們要用在會話上。回想一下禮貌並尊敬的說法的「是～」的說法，是那一個呢？「ㅂ니다 [b.ni.da]」，對了！我們來加上去看看。

您很漂亮。　　　　您很漂亮。

`您很漂亮`　　　　　`您很漂亮`

ye.ppeu.si.da　　　ye.ppeu.sim.ni.da

例句▶ **예쁘시다** . ➡ **예쁘십니다** .
　　　也.不.細.打　　　也.不.心.妮.打

可以說「語幹＋십니다 [sim.ni.da]」是形容詞的尊敬語的基本表現。

基本句型 {
語幹是母音結尾＋**십니다** [sim.ni.da]
語幹是子音結尾＋**으십니다** [eu.sim.ni.da]
}

社長您今天很忙。

`社長`　　`×`　　`今天`　　`您很忙`

sa.jang.ni　meun　o.neur　ba.ppeu.sim.ni.da

例句▶ **사장님** **은** **오늘** **바쁘십니다** .
　　　莎.張.妮　運　喔.奴　爬.不.心.妮.打

客氣但不是正式的說法的「해요體 [hae.yo]」的「아 [a] ／어요 [eo.yo]」，如果加上去會怎麼樣呢？

您很漂亮。

您很漂亮

ye.ppeu.se.yo

例句▶ 예쁘세요 .
也 . 不 . 誰 . 喲

在活用上一般是「시 [si] ＋어요 [eo.yo] ＝셔요 [syeo.yo]」，但一般大都用「（으）세요 [(eu) .se.yo]」。

基本句型 { 語幹是母音結尾＋세요 [syeo.yo]
語幹是子音結尾＋으세요 [(eu) .se.yo] }

您女兒真漂亮。

您女兒　　×　　真漂亮

tta.ni　　mi　　ye.ppeu.se.yo

例句▶ 따님 이 예쁘세요 .
大 . 妮　迷　也 . 不 . 誰 . 喲

● rule 3　動詞的尊敬語

那麼我們從「去」改成「您去」。

去。

| 去 |

ga.da
例句▶ **가다** .
卡.打

➡

您去嗎？

| 您去嗎 |

ga.si.da
가시다 ？
卡.細.打

去掉語尾的「다 [da]」就是語幹啦！尊敬語的作法是「語幹＋시 [si] ＋다 [da]」只加入「（으）시 [(eu) .si]」在語幹結尾的「가 [ga]」跟「다 [da]」之間就成為尊敬語了。但這樣還不行，我們要用在會話上。回想一下禮貌並尊敬的說法的說法，是那一個呢？「ㅂ니다 [b.ni.da]」，對了！我們來加上去看看。

您去嗎？

| 您去嗎 |

ga.si.da
例句▶ **가시다** ？
卡.細.打

➡

您去嗎？

| 您去嗎 |

ga.sim.ni.da
가십니다 ？
卡.心.妮.打

可以說「語幹＋십니다 [sim.ni.da]」是動詞的尊敬語的基本表現。

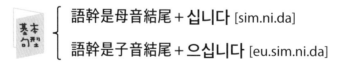

基本句型
{ 語幹是母音結尾＋**십니다** [sim.ni.da]
{ 語幹是子音結尾＋**으십니다** [eu.sim.ni.da]

您去韓國嗎？

| 韓國 | × | 您去 | 嗎 |

han.gu　ge　　　ga.sim.ni　kka
例句▶ **한국** **에** **가십니** **까** ？
韓.姑　給　　卡.心.妮　嘎

您喜歡韓國歌嗎？

韓國	歌	您喜歡	嗎
han.gung	no.rae	jo.a.ha.sim.ni	kka

例句▶ **한국** **노래** **좋아하십니** **까** ?
韓.姑恩　喔.雷　秋.阿.哈.心.妮　嘎

您看韓國書嗎？

韓國	書	×	您看	嗎
han.gu.geo	chae	geur	il.geu.sim.ni	kka

例句▶ **한국어** **책** **을** **읽으십니** **까** ?
韓.姑.勾　切　古兒　憶兒.古.心.妮　嘎

　　客氣但不是正式的說法的「해요體 [hae.yo]」的「아 [a]／어요 [eo.yo]」，如果加上去會怎麼樣呢？

您去嗎？

您去嗎？
ga.se.yo

例句▶ **가세요** ?
卡.誰.喲

在活用上一般是「시 [si]＋어요 [eo.yo]＝셔요 [syeo.yo]」，但一般大都用「(으) 세요 [(eu) .se.yo]」。

- 語幹是母音結尾＋세요 [se.yo]
- 語幹是子音結尾＋으세요 [eu.se.yo]

您去韓國嗎？

韓國	×	您去嗎
han.gu	ge	ga.se.yo
한국	에	가세요 ?
韓.姑	也	卡.誰.喲

例句▶

您喜歡韓國歌嗎？

韓國	歌	您喜歡嗎
han.gung	no.rae	jo.a.ha.se.yo
한국	노래	좋아하세요 ?
韓.姑	喔.雷	秋.阿.哈.誰.喲

例句▶

您看韓國書嗎？

韓國	書	×	您看嗎
han.gu.geo	chae	geur	il.geu.se.yo
한국어	책	을	읽으세요 ?
韓.姑.喔	切客	股兒	額.憶兒.古.誰.喲

例句▶

rule 4　固定的尊敬語

　　韓語中有一部分的單字有自己固定的尊敬語，如「吃、說、睡」。這些單字就要個別記住囉！

例句：

▶ 您吃。

meok.dda　　deu.si.da

먹 다 . →드시다 .

▶ 您說。

mal.ha.da　　mal.sseum.ha.si.da

말하다 . →말 씀 하시다 .

▶ 您休息。

ja.da　　ju.mu.si.da

자다 . →주무시다 .

▶ 您在。

it.da　　ge.si.da

있다 . →계시다 .

　　另外，還要注意一點，如果語幹的結尾是「ㄹ」的時候，無論是「십니다體 [sim.ni.da]」或是「세요體 [se.yo]」，最後都會有省略「ㄹ」的現象。

例句：

▶ 活，居住

sal.da　　sa.sim.ni.da

살다 . →사십니다 .

▶ 打（電話）。

geol.da　　geo.se.yo

걸 다 . →거세요 .

練習 Practice

請按照下面提供的詞，改成尊敬語來完成句子。（1～3）是禮貌並尊敬的說法；（4～6）是客氣但不正式說法。

1. 您是老師。(입니다)是

선생님 (　　　　　　　) .

2. 哪一位是令堂？(입니다)是

누가 어머님 (　　　　　　　) ?

3. 那一位個子很高嗎？(크다)高的

그분은 키가 (　　　　　　　) ?

4. 請您走好。(가다)走

안녕히 (　　　　　　　) .

5. 貴府遠嗎？(멀다)遠的

댁이 (　　　　　　　) ?

6. 找什麼地方呢？(찾다)尋找

어딜 (　　　　　　　) ?

答案

1. 선생님 이십니다 .
2. 누가 어머님이십니까 ?
3. 그분은 키가 크십니까 ?
4. 안녕히 가십시오 .
5. 댁이 머세요 ?
6. 어딜 찾으세요 ?

STEP 4 數字

這一回我們來看韓語的數字。韓語的數字有分「漢數字」跟「固有數字」。

學習重點及關鍵文法

★ 漢數字：發音跟華語接近。
★ 固有數字：使用原來韓語裡
　表示數字、數目的固有詞。

先記住這些單字喔！

Track ◎ 59

jang **~ 장** 張 ~張（紙張）	sa.ram **~ 사람** 莎.郎 ~（個）人	dae **~ 대** 貼 ~台（汽車等）

myeong
~ 명
妙
~位（人）

ma.ri **~ 마리** 馬.里 ~隻（狗等）	byeong **~ 병** 蘋 ~瓶（酒瓶等）

jan
~ 잔
餐
~杯（酒杯等）

gwon **~ 권** 鍋 ~本（書等）	kyeol.le **~ 켤레** 苛兒.淚 ~雙（鞋等）	won **~ 원** 旺 ~韓元（韓幣等）

● rule **1** 　漢數字

60

這是跟中國借用的字，所以發音跟華語接近。講幾月幾日、金額、號碼～等，一定要用漢數字。那麼，就先從 0 到 10 開始記吧！

● 0 到 10 的念法

0 영 / 공 [yeong / kong]	1 일 [il]	2 이 [i]	3 삼 [sam]	4 사 [sa]	5 오 [o]
6 육 [(r) yuk]	7 칠 [chil]	8 팔 [pal]	9 구 [gu]	10 십 [sip]	

十月二十五日

十	月	二十五	日
si	wo	ri.si.bo	il
시	월	이십오	일
細	我	里 . 細 . 普	憶兒

例句▶

● 「零」的念法

「零」有兩個念法，講電話號碼的時候，要用「공 [gong]」。

03-5157-2424

0	3	5	1	5	7	2	4	2	4
gong	sam	o	ir	o	chi	ri	sa	i	sa
공	삼	오	일	오	칠	이	사	이	사
工	山母	喔	憶兒	喔	氣	里	莎	衣	莎

例句▶

● **10 到億的念法**

這個漢數字從零到一、十、百、千、萬、億的念法幾乎跟華語一樣的喔！另外，要注意 6「육 [(r)yuk]」（6）的發音會有一些變化，6 在母音或尾音是「ㄹ」的後面念「륙 [ryug]」，子音的後面念「뉵 [nyug]」。還有「육만 [yuk.man]」（6萬）是念「융만 [yung.man]」。

10 십 [sib]	11 십일 [si.bir]	12 십이 [si.bi]	13 십삼 [sip.sam]	14 십사 [sip.sa]	15 십오 [si.bo]
16 십육 [sibn.yug]	17 십칠 [sip.chir]	18 십팔 [sip.par]	19 십구 [sip.gu]	20 이십 [i.sib]	30 삼십 [sam.sib]
40 사십 [sa.sib]	50 오십 [o.sib]	60 육십 [yuk.sip]	70 칠십 [chil.sib]	80 팔십 [pal.sib]	90 구십 [gu.sib]
100 백 [baek]	千 천 [cheon]	萬 만 [man]	十萬 십만 [sim.man]	百萬 백만 [baeng.man]	千萬 천만 [cheon.man] /[cheon.man]
億 억 [eok]					

● **接在漢數字的量詞有**

除了年月日用漢數字以外，金額、號碼等，也都是用漢數字。接在漢數字的量詞有：

年 년 [nyeon]	月 월 [wol]	日 일 [il]	園 원 [won]
人份 인분 [in.bun]	號 번 [peon]	樓 층 [cheung]	

● 月份的說法

1 月 일월 [ir.wol]	2 月 이월 [i.wol]	3 月 삼월 [sam.wol]	4 月 사월 [sa.wol]
5 月 오월 [o.wol]	6 月 유월 [yu.wol]	7 月 칠월 [chir.wol]	8 月 팔월 [par.wol]
9 月 구월 [gu.wol]	10 月 시월 [si.wol]	11 月 십일월 [sibir.wol]	12 月 십이월 [sibi.wol]

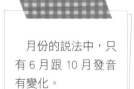

月份的說法中,只有 6 月跟 10 月發音有變化。

---

rule **2**　**固有數字**

Track
61

固有數字:要說時間或計算幾個人、幾個、幾回、年齡等,要用韓語的固有數字。固有數字有 1 到 99 個,首先,先記住 1 到 10 吧!

● 1 到 10 的念法

1 하나 [ha.na]	2 둘 [dul]	3 셋 [set]	4 넷 [net]	5 다섯 [da.seot]
6 여섯 [yeo.seot]	7 일곱 [il.gop]	8 여덟 [yeo.deolp]	9 아홉 [a.hop]	10 열 [yeol]

11 到 90 的念法

11 열하나 [yeol.ha.na]	12 열둘 [yeol.dur]	13 열셋 [yeol.set]	14 열넷 [yeol.net]	15 열다섯 [yeol.da.seot]	16 열여섯 [yeo.ryeo.seot]
17 열일곱 [yeo.ril.gob]	18 열여덟 [yeo.ryeo.deolb]	19 열아홉 [yeo.ra.hob]	20 스물 [seu.mul]	30 서른 [seo.reun]	40 마흔 [ma.heun]
50 쉰 [swin]	60 예순 [ye.sun]	70 일흔 [il.heun]	80 여든 [yeo.deun]	90 아흔 [a.heun]	

時間的念法

講時間的時候,「幾點」用固有數字;「幾分」就要用漢數字。而固有數字的 1,原本是「하나 [ha.na]」,用在計算時間的 1 點時變成「한시 [han.si]」。

1 點 한시 [han.si]	2 點 두시 [du.si]	3 點 세시 [se.si]	4 點 네시 [ne.si]	5 點 다섯시 [da.seot.si]	6 點 여섯시 [yeo.seot.si]
7 點 일곱시 [il.gop.si]	8 點 여덟시 [yeo.deol.si]	9 點 아홉시 [a.hop.si]	10 點 열시 [yeol.si]	11 點 열한시 [yeol.han.si]	12 點 열두시 [yeol.du.si]

其他如:

▶ 1 點半
han.si. ban
한시 반

▶ 1 點 10 分
han.si.sip.ban
한 시십반

▶ 2 點 20 分
du.si. i .sip.ban
두시 이십반

▶ 3 點 30 分
se.si. sam.sip.ban
세시 삼십반

▶ 4 點 40 分
ne.si. sa.sip.ban
네시 사십반

▶ 5 點 50 分
da.seot.si. o .sip.ban
다섯시 오십반

● 固有數字＋量詞

　　固有數字的「１、２、３、４、20」後面如果接量詞「幾個、幾點、幾回、年齡…」時，會有些變化。

例如：

▸ 시（點）→네 시（４點）
　　si　　　　ne. si

▸ 살（歲）→스무살（20 歲）
　　sar　　　seu.mu.sar

▸ 개（個）→한 개（１個）
　　gae　　　han gae

▸ 번（回）→두 번（２回）
　　beon　　　d u beon

▸ 마리（匹）→세 마리（３匹）
　　ma.r i　　　se ma.r i

看了一百次。

一百	次	看了
baek	beon	bwa.sseo.yo
100	번	봤어요 .
陪	崩	拔.手.喲

例句▸

練習 Practice

請填入數字來完成句子。✏️

1. 石鍋拌飯 7200 韓元。

비빔밥은 ( ) 원입니다 .

2. 我的生日是 8 月 9 日。

제 생일은 ( ) 입니다 .

3. 手機號碼是 0105679。

휴대폰번호는 ( ) 입니다 .

4. 喝了兩杯咖啡。

커피를 ( ) 마셨습니다 .

5. 我有十個韓國朋友。

한국 친구가 ( ) 있습니다 .

6. 現在 3 點 15 分。

지금 ( ) 이에요 .

答案

1. 비빔밥은 칠천이백 원입니다 .
2. 제 생일은 팔월 구일 입니다 .
3. 휴대폰번호는 공일공의 오육칠구 입니다 .
4. 커피를 두잔 마셨습니다 .
5. 한국 친구가 열명 있습니다 .
6. 지금 세시 십오분 이에요 .

STEP 5

動詞及形容詞的連體形

這一回我們來看韓語的動詞及形容詞的連體形。中文說「吃飯的人」、「很棒的歌聲」時，其中，「吃飯＋人」、「很棒＋歌聲」，也就是動詞及形容詞想跟名詞連在一起成為一體，動詞及形容詞就要變成連體形了。

學習重點及關鍵文法

★ 用는 [neun] 或 ㄴ [n] 來連接名詞
★ 形容詞現在連體形，變化跟動詞過去連體形一樣

先記住這些單字喔！

Track 62

| yeong.hwa 영화 用.化 電影 | sa.ram 사람 莎.郎 人 | sang.pum 상품 商.撲母 產品 | ho.tel 호텔 呼.貼 飯店 |

a.beo.ji
아버지
阿.波.吉
爸爸

| a.ga.ssi 아가씨 阿.卡.西 小姐 | sa.jin 사진 莎.親 照片 | ba.da 바다 爬.打 大海 | a.gi 아기 阿.給 嬰兒 |

il.bon
일본
憶兒.本
日本

| | san 산 三 山 | a.mu.do 아무도 阿.木.土 誰也…沒有 | gyo.sil 교실 叫.吸 教室 |

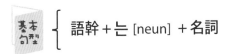 **rule 1**　動詞的現在連體形

動詞的現在連體形的作法是，只要「語幹＋는 [neun]」就成為現在連體形了。

基本句型｛ 語幹＋는 [neun] ＋名詞

看電影的人

電影	×	看的	人
yeong.hwa	reur	bo.neun	sa.ram

例句▶ **영화** **를** **보는** **사람** （보다：看）
用.化　路　普.能　莎.郎

跟李民洪先生碰面的人

李民洪	先生	跟	碰面的	人
i.min.hong	ssi	reur	man.na.neun	sa.ram

例句▶ **이민홍** **씨** **를** **만나는** **사람** （만나다：碰面）
衣.敏.洪　西　路　滿.那.能　莎.郎

● **語幹的結尾是「ㄹ [r]」時，有消失的習性**

　　動詞的現在連體形不會因為前接詞的結尾是子音或母音而產生變化，但是動詞語幹有「ㄹ [r]」時，有消失的習性。動詞語幹有「ㄹ [r]」，要變成現在連體形，先去掉「ㄹ [r]」再接「는 [neun]」，就行啦！

基本句型｛ 語幹 - ㄹ [r] ＋는 [neun] ＋名詞

住在飯店的人

飯店	在	住的	人
ho.te	re	sa.neun	sa.ram

例句 ▶ 호텔 에 사는 사람 （살다：居住）

呼.貼　涙　莎.能　莎.郎

賺錢的爸爸

錢	×	賺的	爸爸
do	neur	beo.neun	a.beo.ji

例句 ▶ 돈 을 버는 아버지 （벌다：賺錢）

土　奴　波.呢　阿.波.吉

● rule 2　**動詞過去連體形**

　　動詞的過去連體形的作法是，只要「語幹＋ㄴ [n] ／은 [eun]」就成為過去連體形了。動詞過去連體形會因為語幹的結尾是子音或母音而產生變化。

基本句型
- 語幹是母音結尾：語幹＋ㄴ [n] ＋名詞
- 語幹是子音結尾：語幹＋은 [eun] ＋名詞

看電影的人

電影	×	看的	人
yeong.hwa	reur	bon	sa.ram

例句 ▶ 영화 를 본 사람 （보다：看）

用.化　路　本　莎.郎

睡覺的嬰兒

覺	×	睡的	嬰兒
ja	meur	jan	a.gi

例句 ▶ 잠 을 잔 아기 （자다：睡覺）

叉　母　叉　阿.給

坐在椅子上的客人

椅子	在	坐的	客人
ui.ja	e	an.jeun	son.nim
의자	에	앉은	손님
烏衣.叉	也	安.住	鬆.你母

例句▶ 의자 에 앉은 손님 （앉다：坐）

走在路上的人

路	×	走的	人
gi	reur	geon.neun	sa.ram
길	을	걷는	사람
給	路	滾.能	莎.郎

例句▶ 길 을 걷는 사람 （걷다：走路）

這是在海上拍攝的照片。

這是	×	海上	從	拍攝的	照片
i.geo	seun	ba.da	e.seo	jji.geun	sa.ji.nim.ni.da
이것	은	바다	에서	찍은	사진입니다
衣.勾	順	爬.打	也.瘦	飢.滾	莎.吉.你母.妮.打

例句▶ 이것 은 바다 에서 찍은 사진입니다 .（찍다：拍攝）

● 動詞過去式的語幹結尾是「ㄹ [r]」時，有消失的習性

　　動詞過去式的語幹有「ㄹ [r]」，要變成過去式的連體形，先去掉「ㄹ [r]」再接「ㄴ [n]」，就行啦！

基本句型 ｛ 語幹 - ㄹ [r] ＋ ㄴ [n] ＋名詞

認識我的友人

我	×	認識的	友人
na	reur	an	chin.gu
나	를	안	친구
那	魯	昂	親.姑

例句▶ 나 를 안 친구 （알다：認識）

賺錢的父親

錢	×	賺的	父親
do	neur	beon	a.beo.ji
돈	**을**	**번**	**아버지**
土	奴	波	阿.波.吉

例句▶ (벌다：賺錢)

● rule 3　形容詞的現在連體形

　　形容詞的現在連體形，變化方式跟動詞過去連體形一樣，會因為語幹的結尾是子音或母音而產生變化。語幹結尾是「ㄹ [r]」的形容詞，也有特殊的活用變化。

基本句型 {
語幹是母音結尾：語幹＋ㄴ [n] ＋名詞
語幹是子音結尾：語幹＋은 [eun] ＋名詞
}

美麗的小姐

美麗的	小姐
ye.ppeun	a.ga.ssi
예쁜	**아가씨**
也.奔	阿.卡.西

例句▶ (예쁘다：美麗的)

我家很大。

我的	家	×	大的	是
u.ri	ji	beun	keun	ji.bi.e.yo
우리	**집**	**은**	**큰**	**집이에요**
無.里	吉	奔	困	吉.比.也.喲

例句▶ . (크다：大的)

好棒的歌聲啊！

好棒的	歌聲啊
meot.jin	mok.so.ri.yeo.sseo.yo
멋진	**목소리였어요**
莫.親	某.嫂.里.有.手.喲

例句▶ . (멋지다：好棒的)

寬敞的房間

寬敞的	房間
neol.beun	bang
넓은	방
男兒.奔	胖

例句▶ 넓은 방 （넓다：寬敞的）

那人是個好人。

那	人	×	好的	人	是
geu	sa.ra	meun	jo.eun	sa.ra	mi.e.yo
그	사람	은	좋은	사람	이에요
古	莎.郎	運	秋.運	莎.郎	迷.也.喲

例句▶ 그 사람 은 좋은 사람 이에요 . （좋다：好的）

日本也有很多高山。

日本	也有	高的	山	×	很多
il.bo	ne.do	no.peun	sa	ni	man.seum.ni.da
일본	에도	높은	산	이	많습니다
憶兒.普	內.土	喔.噴	莎	妮	滿.師母.妮.打

例句▶ 일본 에도 높은 산 이 많습니다 . （높다：高的）

● **語幹結尾是「ㄹ [r]」的形容詞**

　　形容詞的語幹有「ㄹ [r]」，要變成現在連體形，先去掉「ㄹ [r]」再接「ㄴ [n]」，就行啦！

> 基本句型 { 語幹 - ㄹ [r] + ㄴ [n] + 名詞

我的家在很遠的地方。

我的	家	×	遠的	地方	×	在
u.ri	ji	beun	meon	go	se	i.sseo.yo
우리	집	은	먼	곳	에	있어요
無.里	吉	奔	門	姑	誰	衣.手.喲

例句▶ 우리 집 은 먼 곳 에 있어요 . （멀다：遠的）

rule 4　存在詞的現在連體形

　　存在詞就是指「在、不在」、「有、沒有」的「있다 [it.da]」跟「없다 [eop.da]」了。
存在詞的現在連體形作法如下：

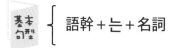
基本句型 { 語幹＋는＋名詞

在那裡的那個人是誰呢？

那裡	×	在	人	×	誰	是呢
jeo.jjo	ge	in.neun	sa.ra	meun	nu.gu	ye.yo

例句▶ **저쪽** **에** **있는** **사람** **은** **누구** **예요** ？（있다：在）
走.秋　給　音.能　莎.郎　運　努.姑　也.喲

沒有人的教室

誰	也	不在的	教室
a.mu	do	eom.neun	gyo.sir

例句▶ **아무** **도** **없는** **교실** ．（없다：沒有）
阿.木　土　歐姆.能　叫.吸

整理一下

動詞、形容詞、存在詞的現在連體形的活用如下表：

	語幹是母音結尾	語幹是子音結尾
動　詞	動詞的語幹 + 는 가다→가는 [ga.da.→.ga.neun]	動詞的語幹 + 는 먹다→먹는 [meok.da.→.meong.neun]
動詞語幹是 ㄹ結尾		動詞的語幹 / - ㄹ + 는 놀다→노는 [nol.da.→.no.neun]
形容詞	形容詞的語幹 + ㄴ 예쁘다→예쁜 [ye.ppeu.da.→.ye.ppeun]	形容詞的語幹 + 은 높다→높은 [nop.da.→.no.peun]
形容詞語幹是 ㄹ結尾		形容詞的語幹 / - ㄹ + ㄴ 멀다→먼 [meol.da.→.meon]
存在詞	存在詞的語幹 + 는 계시다→계시는 [ge.si.da.→.ge.si.neun]	存在詞的語幹 + 는 있다→있는 [it.da.→.in.neun]

練習
Practice

句子被打散了，請在（ ）內排出正確的順序。（1～4）請用
합니다體；（5、6）請用해요體。

1. 在冬季戀歌裡演出的演員。

冬季戀歌 × 演出的 演員
〔겨울연가 , 에 , 출연한 , 배우〕

_____.

2. 帶著眼鏡的人。

使用 × 人 眼鏡
〔쓰는 , 을 , 사람 , 안경〕

_____.

3. 眼睛漂亮的男性。

男性 × 眼睛 漂亮
〔남자 , 이 , 눈 , 예쁜〕

_____.

4. 沒有一個人住的家。

沒有 也 誰 家
〔없는 , 도 , 아무 , 집〕

_____.

5. 那個人是好人。

× 好的 人 那個 人
〔은 , 좋은 , 사람 , 그 , 사람 〕

_____.

6. 走在很長的馬路上。

道路 走路 × 長的
〔길 , 걷는다 , 을 , 긴 〕

_____.

答案

1. 겨울연가에 출연한 배우입니다 .
2. 안경을 쓴 사람입니다 .
3. 눈이 예쁜 남자입니다 .
4. 아무도 없는 집입니다 .
5. 그 사람은 좋은 사람이에요 .
6. 긴 길을 걸었어요 .

STEP 6 希望、願望

表示「我想去金秀賢先生的故鄉旅行」的「我想」要怎麼說呢？在韓國清楚表達自己的想法，被認為是一種美德。到了韓國如果表現的太曖昧，可是會被認為你是一個奇怪的人哦。

學習重點及關鍵文法

★ 沒有活用跟變化。
★ 動詞語幹＋고 싶다 [go.sip.da]
　＝我想～

先學會這些單字喔！

Track 67

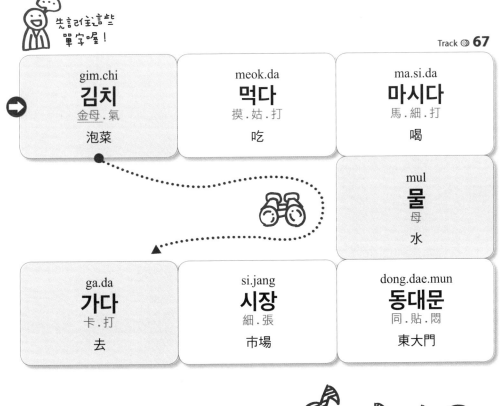

gim.chi	meok.da	ma.si.da
김치	먹다	마시다
金母.氣	摸.姑.打	馬.細.打
泡菜	吃	喝

mul
물
母
水

ga.da	si.jang	dong.dae.mun
가다	시장	동대문
卡.打	細.張	同.貼.悶
去	市場	東大門

rule 1 「～고 싶다 [go.sip.da]」：表示希望及願望

這一回我們來介紹一下「我想～」表示希望及願望的說法。使用時，將「～고 싶다 [go.sip.da]」接在動詞的後面，表示希望實現該動詞。禮貌並尊敬的說法用「고 싶습니다 [go.sip.seum.ni.da]」，客氣但不是正式的說法用「～고 싶어요 [go.si.peo.yo]」。接續方法，不管是母音結尾還是子音結尾都一樣。

基本句型 { **動詞語幹＋고 싶다 [go.sip.da]**

> 希望形的否定說法，只要在動詞語幹前面加上「안 [an]」就行啦！也就是「안 [an]＋動詞語幹＋고 싶다 [go.sip.da]」。

我想吃泡菜。

我	×	泡菜	×	吃		想
na	neun	gim.chi	reur	meok	go	sip.seum.ni.da
나	는	김치	를	먹	고	싶습니다 . （먹다：吃）
那	能	金母.氣	路	摸	姑	細.師母.妮.打

我想喝水。

我	×	水	×	喝		想
na	neun	mu	reur	ma.si	go	si.peo.yo.
나	는	물	을	마시	고	싶어요 . （마시다：喝）
那	能	木	路	馬.細	姑	細.波.喲

我想去東大門市場。

東大門市場	×	去	想
dong.dae.mun.si.jang	e	ga	go	sip.da
동대문시장	에	가	고	싶다 . （가다：去）
同.貼.悶.細.張	也	卡	姑	細.打

（我）想去金秀賢先生的故鄉（旅行）。

金秀賢	先生	故鄉	×	去		想
gim.su.hyeon	ssi	go.hyang	e	ga	go	si.peo.yo
김수현	씨	고향	에	가	고	싶어요 .
金母.樹.玄	西	姑.香	也	卡	姑	細.波.喲

124

練習 Practice 句子被打散了，請在（　）內排出正確的順序。

1. 想去韓國。

가 , 에 , 싶습니다 , 한국 , 고
（去　×　想　韓國　×）

_____ .

2. 想買包包。

싶습니다 , 가방 , 사 , 을 , 고
（想　包包　買　×　×）

_____ .

3. 想跟那個人見面嗎？

사람 , 만나 , 을 , 고 , 그 , 싶어요
（人　見面　×　×　那個　想）

_____ .

4. 想跟朋友去看電影。

고 , 하고 , 친구 , 를 , 보 , 싶어요 , 영화
（×　跟　朋友　×　看　想　電影）

_____ .

5. 想跟哥哥見面。

고 , 오빠 , 싶어요 , 만나 , 를
（×　哥哥　想　見面　×）

_____ .

6. 我想買褲子。

룰 , 싶어요 , 사고 , 바지
（×　想　買　褲子）

_____ .

答案

1. 한국에 가고 싶습니다 .

2. 가방을 사고 싶습니다 .

3. 그 사람을 만나고 싶어요 ?

4. 친구하고 영화를 보고 싶어요 .

5. 오빠를 만나고 싶어요 .

6. 바지를 사고 싶어요 .

STEP

7 請託

請韓星務必來台獻唱，說：「請來台灣。」
的「請〜」；台灣有好吃的珍珠奶茶、鳳梨酥、
小籠包，請一定要嚐嚐，說：「請給我三杯。」
的「請給我〜」，要怎麼說呢？

學習重點及關鍵文法

★ 주세요 [ju.se.yo] ＝請
★ 物品→를 [reur]/ 을 주세요 [eur.
  ju.se.yo]
★ 動作→ 아 [a]/ 어 주세요 [eo.
  ju.se.yo]

先言리지這些
單字喔！

Track ◎ **69**

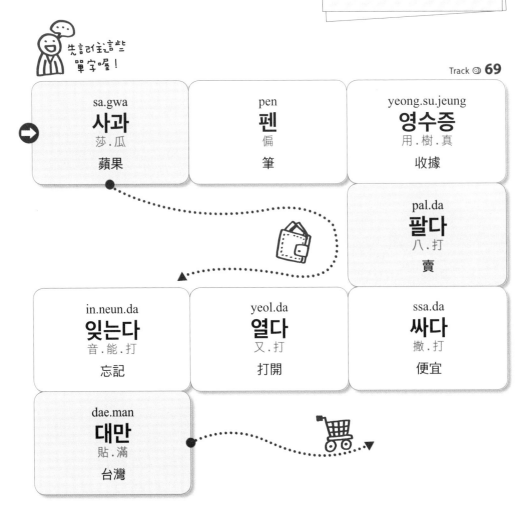

| sa.gwa
사과
莎.瓜
蘋果 | pen
펜
偏
筆 | yeong.su.jeung
영수증
用.樹.真
收據 |

| | | pal.da
팔다
八.打
賣 |

| in.neun.da
잊는다
音.能.打
忘記 | yeol.da
열다
又.打
打開 | ssa.da
싸다
撒.打
便宜 |

| dae.man
대만
貼.滿
台灣 |

rule 1 物品→〜를 [reur] ／을 주세요 [eur.ju.se.yo]： 請（給我）〜

Track 70

　　到韓國購物或用餐經常可以用到的，婉轉、客氣的請託句型是「物品＋를 [reur] ／을 주세요 [eur.ju.se.yo]」。是在「주다 [ju.da]」的語尾，加上客氣的命令形「세요 [se. yo]」而形成的。

> 基本句
> 母音結尾 ＋ 를 주세요 [reur.ju.se.yo]
> 子音結尾 ＋ 을 주세요 [eur.ju.se.yo]

請給我蘋果。

蘋果	×	請給我
sa.gwa	reur	ju.se.yo

例句▶ 사과 를 주세요 .
　　　莎.瓜　路　阻.誰.喲

請給我筆。

筆	×	請給我
pe	neur	ju.se.yo

例句▶ 펜 을 주세요 .
　　　配　奴　阻.誰.喲

　　在口語上，常會省略助詞「를 [reur] ／을 [eur]」，但不影響句子的意思。

請給我三個。

三	個	請給我
se	gae	ju.se.yo

例句▶ 세 개 주세요 .
　　　誰　給　阻.誰.喲

請給我收據。

收據	請給我
yeong.su.jeung	ju.se.yo

例句▶ 영수증 주세요 .
　　　用.樹.真　阻.誰.喲

rule 2 動作→〜아 [a] ／어 주세요 [eo.ju.se.yo]：請做〜

Track 71

　　請託對方做某行為時用「動詞語幹＋아 [a] ／어 주세요 [eo.ju.se.yo]」，這是婉轉、客氣的句型。

> 基本句
> 陽母音語幹 ＋ 아 주세요 [a.ju.se.yo]
> 陰母音語幹 ＋ 어 주세요 [eo.ju.se.yo]

請賣給我。

賣	請（給我）	
pa	ra	u.se.yo

例句▶ **팔 아 주세요** . （ 팔다＋아주세요 ）
怕　郎　阻.誰.喲

請算便宜。

便宜	請（算）	
kka	kka	ju.se.yo

例句▶ **깎 아 주세요** . （ 깎다＋아주세요 ）
嘎　嘎　阻.誰.喲

請來。

來	請
wa	ju.se.yo

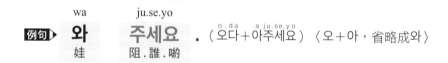

例句▶ **와 주세요** . （ 오다＋아주세요 ）〈 오＋아，省略成와 〉
娃　阻.誰.喲

請打開。

打開	請	
yeo	reo	ju.se.yo

例句▶ **열 어 주세요** . （ 열다＋어주세요 ）
有　樓　阻.誰.喲

請忘了吧。

忘了	請	
i	jeo	ju.se.yo

例句▶ **잊 어 주세요** . （ 잊다＋어주세요 ）
衣　走　阻.誰.喲

請來台灣。

台灣	×	來	請
dae.ma	ne	wa	ju.se.yo

例句 ▶ **대만 에 와 주세요** .
貼.馬　　　內　　　娃　　阻.誰.喲

（오다＋아주세요）
〈오＋아，省略成와〉

補充一下

頭	臉	眼睛	鼻子	耳朵
머리	얼굴	눈	코	귀
[meo.ri]	[eol.gul]	[nun]	[ko]	[gwi]
嘴巴	脖子	胳膊	腿，腳	肩膀
입	목	팔	다리	어깨
[ip]	[mok]	[pal]	[da.ri]	[eo.kkae]
胸部	手	拇指	腳趾頭	心臟
가슴	손	손가락	발가락	심장
[ga.seum]	[son]	[son.kka.rak]	[bal.kka.rak]	[sim.jang]
肝臟	腎臟	胃	肺	
간	신장	위	폐	
[gan]	[sin.jang]	[wi]	[pe]	

練習 Practice

句子被打散了，請在（ ）內排出正確的順序。

1. 請您買這個。

買　這個　　請　　×
사 , 이것 , 주세요 , 을

_____ .

2. 請關上門。

×　門　　請　　關閉
을 , 문 , 주세요 , 닫아

_____ .

3. 請唸這本書。

唸　　這　×　　請　　書
읽어 , 이 , 을 , 주세요 , 책

_____ .

4. 請幫我拿包包。

請　　包包　　拿　×
주세요 , 가방 , 들어 , 을

_____ .

5. 請脫下衣服。

請　　脫　衣服
주세요 , 벗어 , 옷을

_____ .

答案	1. 이것을 사 주세요 .	4. 가방을 들어 주세요 .
	2. 문을 닫아 주세요 .	5. 옷을 벗어 주세요 .
	3. 이 책을 읽어 주세요 .	

附錄
生活必備單字

memo

① 星期

i.ryo.il **일요일** 伊．六．憶兒 星期日	wo.ryo.il **월요일** 我．六．憶兒 星期一	hwa.yo.il **화요일** 化．油．憶兒 星期二
su.yo.il **수요일** 樹．油．憶兒 星期三	mo.gyo.il **목요일** 某．叫．憶兒 星期四	keu.myo.il **금요일** 苦．妙．憶兒 星期五
to.yo.il **토요일** 偷．油．憶兒 星期六		

② 顏色

keo.meun.saek **검은색** 共．悶．誰 黑色	hoen.saek **흰색** 恨．誰 白色	hoe.saek **회색** 會．誰 灰色

ppal.gan.saek	pu.nong.seak	pa.ran.saek
빨간색	**분홍색**	**파란색**
八兒.桿.誰	噴.紅.誰	怕.藍.誰
紅色	粉紅色	藍色

no.ran.saek	cho.rok.saek	o.ren.ji.saek
노란색	**초록색**	**오렌지색**
努.藍.誰	求.鹿.誰	喔.連.奇.誰
黃色	綠色	橙色

po.ra.saek	kal.saek
보라색	**갈색**
普.拉.誰	渴.誰
紫色	咖啡色

 3 位置、方向

tong.jjok	seo.jjok	nam.jjok
동쪽	**서쪽**	**남쪽**
同.秋	瘦.秋	男.秋
東	西	南

buk.jjok	ap	twi
북쪽	**앞**	**뒤**
布.秋	阿布	推
北	前面	後面

an **안** 安 裡面	pak **밖** 扒客 外面	sang.haeng **상행** 上.狠 北上

ha.haeng **하행** 哈.狠 南下		

4 人物及親友

jeo/na **저 / 나** 走/娜 我	u.ri **우리** 屋.里 我們	a.beo.ji **아버지** 阿.波.奇 父親
eo.meo.ni **어머니** 喔.末.妮 母親	o.ppa. **오빠** 喔.爸 哥哥（妹妹使用）	hyeong **형** 雄 哥哥（弟弟使用）
eon.ni **언니** 喔嗯.妮 姊姊（妹妹使用）	nu.na **누나** 努.娜 姊姊（弟弟使用）	ha.la.beo.ji **할아버지** 哈.拉.波.奇 爺爺

hal.meo.ni	a.jeo.ssi	a.jum.ma
할머니	**아저씨**	**아줌마**
哈.末.妮	阿.走.西	阿.初.馬
奶奶	叔叔，大叔	阿姨，大嬸

yeo.nin	nam.ja	yeo.ja
연인	**남자**	**여자**
有.您	男.叉	有.叉
情人	男人	女人

eo.leun	a.i	chin.gu
어른	**아이**	**친구**
喔.輪恩	阿.姨	親.姑
大人	小孩	朋友

pu.bu	hyeong.je	nam.pyeon
부부	**형제**	**남편**
樸.布	雄.姊	男.騙翁
夫妻	兄弟	丈夫

a.nae	a.deul	ddal
아내	**아들**	**딸**
阿.內	阿.都兒	大耳
妻子	兒子	女兒

mang.nae	jeol.mneu.ni	seon.bae.nim
막내	**젊은이**	**선배님**
忙.內	求兒.悶.你	松.配.你母
么子	年輕人	前輩

jung.gu.gin **중국인** 中.庫.金 中國人	han.guk.saram **한국사람** 憨.庫.沙.郎 韓國人

 5 身體各部位

sin.che **신체** 心.切 身體	meo.ri **머리** 末.里 頭	meo.ri.ka.rak **머리카락** 末.里.卡.拉 頭髮
i.ma **이마** 伊.馬 額頭	eol.gul **얼굴** 歐兒.骨兒 臉	nun **눈** 奴恩 眼睛
kwi **귀** 桂 耳朵	ko **코** 庫 鼻子	ip **입** 衣樸 嘴巴
ip.sul **입술** 衣樸.贖兒 嘴唇	teok **턱** 偷哥 下巴	hyeo **혀** 喝有 舌頭

mok.gu.meong **목구멍** 某.姑.猛 喉嚨	i.ppal **이빨** 伊.八兒 牙齒	mok **목** 某 脖子
ka.seum **가슴** 卡.師母 胸部	pae **배** 配 肚子	teung **등** 頓 背
heo.li **허리** 後.里 腰	eo.gge **어깨** 喔.給 肩膀	bae.kkop **배꼽** 配.勾布 肚臍
eong.deong.i **엉덩이** 翁.懂.伊 屁股	son **손** 手恩 手	pal **발** 拔 腳
neolp.jeok.ta.ri **넓적다리** 摟樸.秋.打.里 大腿	mu.leup **무릎** 木.弱樸 膝蓋	

6 生活用品、藥物

cheot.ga.rak **젓가락** 秋.卡.拉 筷子	sut.ga.rak **숟가락** 俗.卡.拉 湯匙	na.i.peu **나이프** 娜.伊.普 刀子
po.keu **포크** 普.苦 叉子	keop **컵** <u>可不</u> 杯子	su.geon **수건** 樹.幹 毛巾
u.san **우산** 屋.傘 雨傘	an.gyeong **안경** 安.欲恩 眼鏡	kon.taek.teu.ren.jeu **콘택트렌즈** 空.特.的.連.具 隱形眼鏡
haen.deu.pon **핸드폰** <u>黑恩</u>.的.朋 手機	chae.tteo.ri **재떨이** 切.頭.力 煙灰缸	keo.ul **거울** 口.<u>無耳</u> 鏡子
chong.i **종이** 窮.伊 紙	yeon.pil **연필** 永.筆 鉛筆	pol.pen **볼펜** 波.片 原子筆

chi.u.gae

지우개

奇.屋.給

橡皮擦

ga.wi

가위

卡.位

剪刀

hwa.jang.ji

화장지

化.張.奇

衛生紙

saeng.ri.dae

생리대

先.里.貼

衛生棉

yak

약

牙苦

藥

gam.gi.yak

감기약

甘.幾.牙苦

感冒藥

tu.tong.yak

두통약

禿.痛.牙苦

頭痛藥

chi.sa.je

지사제

奇.沙.姊

止瀉藥

chin.tong.je

진통제

親.痛.姊

止痛藥

ban.chang.go

반창고

胖.搶.姑

絆創膏

7 衣服、鞋子、飾品

ot **옷** 喔特 衣服	syeo.cheu **셔츠** 羞.恥 襯衫	ti.syeo.cheu **티셔츠** 提.羞.恥 T恤
wa.i.syeo.cheu **와이셔츠** 娃.伊.羞.恥 白襯衫	pol.ro.syeo.cheu **폴로셔츠** 婆.樓.羞.恥 polo 襯衫	cheong.chang **정장** 窮.張 西裝
han.bok **한복** 憨.伯 韓服	yang.bok **양복** 洋.伯 西服	teu.re.seu **드레스** 土.淚.思 連身洋裝
ja.ket **자켓** 叉.可 夾克	ko.teu **코트** 庫.土 外套	seu.we.teo **스웨터** 思.胃.透 毛衣
pan.pal **반팔** 胖.八 短袖	kin.pal **긴팔** 幾恩.八 長袖	won.pi.seu **원피스** 旺.匹.思 連身裙

chi.ma/seu.keo.teu	mi.ni.seu.keo.teu	ba.ji
치마 / 스커트	**미니스커트**	**바지**
氣.馬/思.摳.土	米.妮.思.摳.土	爬.奇
裙子	迷你裙	褲子

cheong.ba.ji	pean.ti	seu.ta.king	ja.mot
청바지	**팬티**	**스타킹**	**잠옷**
窮.爬.奇	偏.提	思.她.金恩	掐.摸
牛仔褲	內褲	絲襪	睡衣

su.yeong.bok	a.dong.bok	an.gyeong	seon.geu.la.seu
수영복	**아동복**	**안경**	**선그라스**
樹.用.伯	阿.同.伯	安.京恩	松.哭.拉.思
泳裝	童裝	眼鏡	太陽眼鏡

nek.ta.i	pel.teu	mo.ja	mok.do.ri
넥타이	**벨트**	**모자**	**목도리**
內.她.伊	陪.土	母.叉	某.都.里
領帶	皮帶	帽子	圍巾

seu.ka.peu	jang.gap	pan.ji	mok.geo.ri
스카프	**장갑**	**반지**	**목걸이**
思.卡.普	張.甲	胖.奇	某.勾.力
絲巾	手套	戒指	項鍊

gwi.geo.ri	pi.eo.sing	yang.mal	gu.du
귀걸이	**피어싱**	**양말**	**구두**
桂.勾.力	匹.喔.醒	洋.罵	姑.禿
耳環	耳環.（穿孔）	襪子	鞋子

hil	rong.bu.cheu	un.dong.hwa	saen.deul
힐	**롱부츠**	**운동화**	**샌들**
喝兒	龍.樸.吃	運.同.化	現.都兒
高跟鞋	長筒靴子	運動鞋	涼鞋

seul.li.peo	son.mok.si.gye	ka.bang	haen.deu.baek
슬리퍼	**손목시계**	**가방**	**핸드백**
思.里.波	松.某.細.給	卡.胖	黑恩.都.配
拖鞋	手錶	皮包	手提包

pae.nang	chi.gap	yeol.soe.go.ri	son.su.geon
배낭	**지갑**	**열쇠고리**	**손수건**
配.男	奇.甲	有.誰.鼓.勵	松.樹.工
背包	皮夾	鑰匙環	手帕

8 化妝品等

hwa.jang.pum	hyang.su	pi.nu
화장품	**향수**	**비누**
化.張.碰	香.樹	皮.努
化粧品	香水	肥皂

syam.pu	rin.seu	pa.di.syam.pu
샴푸	**린스**	**바디샴푸**
香.普	零.思	爬.弟.香.普
洗髮精	潤絲精	沐浴乳

se.an.je **세안제** 塞.安.姊 潔膚乳液	pom.keul.len.jeo **폼클렌저** 波母.科.連.走 洗面乳液	seu.kin/hwa.jang.su **스킨 / 화장수** 思.金恩 / 化.張.樹 化妝水
e.meol.jeon **에멀전** 愛.末兒.窘 乳液	e.sen.seu **에센스** 愛.仙.思 精華液	keu.rim **크림** 科.力母 護膚霜
ma.seu.keu.paek **마스크팩** 馬.思.科.佩 面膜	ja.oe.seon.cha.dan.je **자외선차단제** 叉.外.松.擦.蛋.姊 防曬乳	bi.bi.keu.rim **비비크림** 比.比.科.力母 BB 霜
pa.un.de.i.syeon **파운데이션** 怕.運.弟.伊.兄 粉底霜	a.i.syae.do.u **아이섀도우** 阿.伊.邪.土.屋 眼影	ma.seu.ka.ra **마스카라** 馬.思.卡.拉 睫毛膏
lip.seu.tik **립스틱** 力普.思.弟 口紅	mae.ni.kyu.eo **매니큐어** 每.妮.哭.我 指甲油	chung.seong.pi.bu **중성피부** 中.松.匹.樸 一般肌膚
keon.seong.pi.bu **건성피부** 空.松.匹.樸 乾燥肌膚	chi.seong.pi.bu **지성피부** 奇.松.匹.樸 油性肌膚	min.gam.seong.pi.bu **민감성피부** 敏.甘.松.匹.樸 敏感肌膚

輕圖表!

5 天速學

韓語入門

（18K＋MP3）

【韓語Jump 02】

■ 發行人／林德勝

■ 著者／金龍範

■ 設計‧創意主編／吳欣樺

■ 出版發行／山田社文化事業有限公司
　地址　臺北市大安區安和路一段112巷17號7樓
　電話　02-2755-7622
　傳真　02-2700-1887

■ 郵政劃撥／19867160號　大原文化事業有限公司

■ 總經銷／聯合發行股份有限公司
　地址　新北市新店區寶橋路235巷6弄6號2樓
　電話　02-2917-8022
　傳真　02-2915-6275

■ 印刷／上鎰數位科技印刷有限公司

■ 法律顧問／林長振法律事務所　林長振律師

■ 書＋MP3 定價／新台幣299元

■ 初版／2016年12月

© ISBN : 978-986-246-454-0
2016, Shan Tian She Culture Co. , Ltd.